# どうせそろそろ死ぬんだし

香坂鮪

宝島社
文庫

宝島社

〈かげろうの会〉

茶山恭一《ちややまきよういち》……〈かげろうの会〉の発起人であり、〝夜鳴荘《やめいそう》〟の所有者。医師

次郎丸誠《じろうまるまこと》……医師。脳血管内科・脳神経外科医院を切り盛りしている

六本松唐人《ろっぽんまつからと》……食品メーカーの会社取締役

賀茂慶太《かもけいた》……記者

橋本ひな子《はしもとこ》……専業主婦

南春奈《みなみはるな》……大学生

◆

千崎桜子《せんざきさくらこ》……茶山の孫。〈かげろうの会〉のメンバーが宿泊中、夜鳴荘のシェフを担当

七隈昴《ななくますばる》……元刑事の私立探偵

薬院律《やくいんりつ》……研修医を休職し、現在は七隈の探偵助手

# 夜鳴荘　間取り図

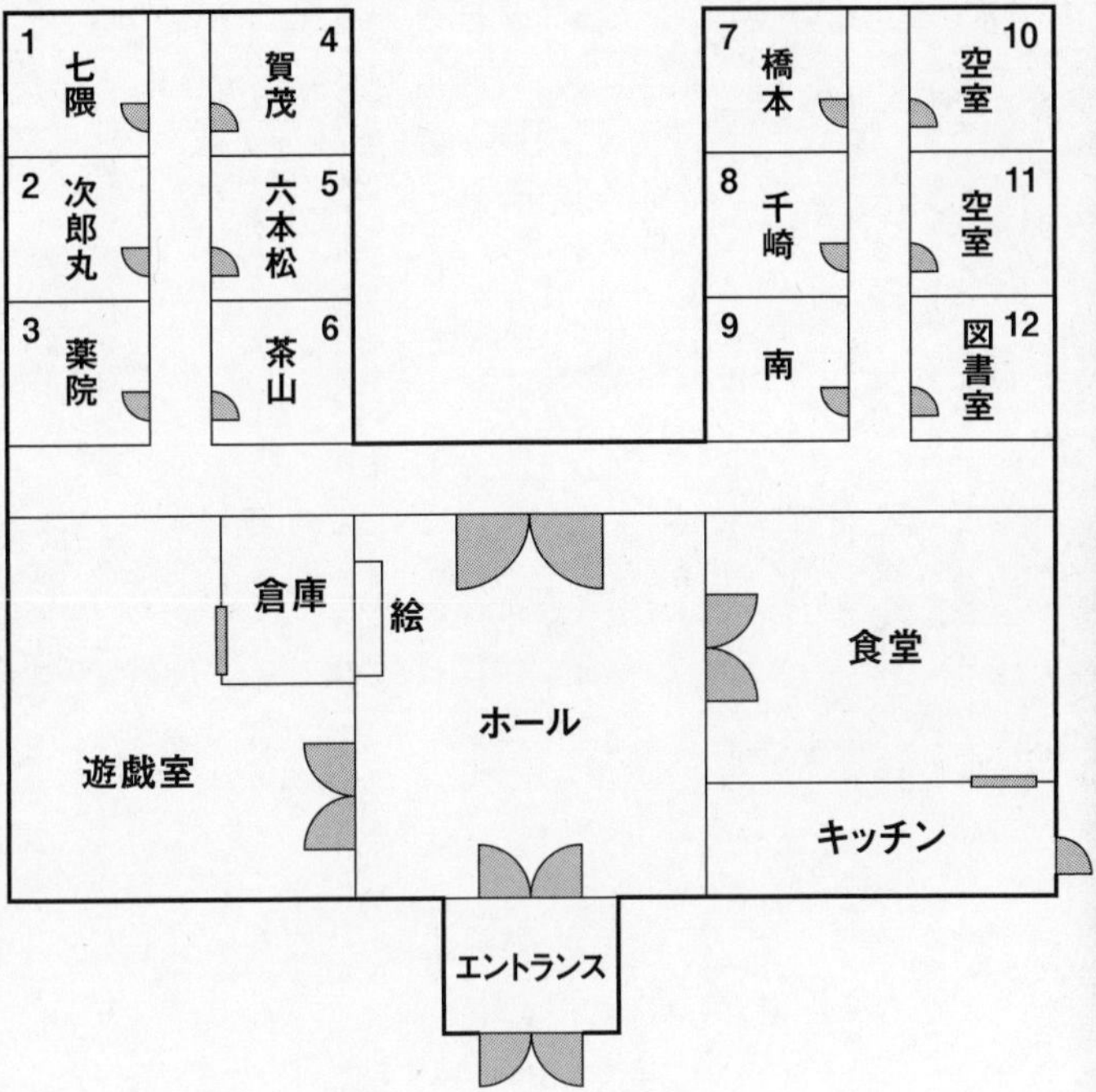
1
七隈
2
次郎丸
3
薬院
4
賀茂
5
六本松
6
茶山
7
橋本
8
千崎
9
南
10
空室
11
空室
12
図書室
倉庫
絵
食堂
ホール
遊戯室
キッチン
エントランス

どうせそろそろ死ぬんだし

# 一日目

## 1

古い記憶がよみがえった。

以前読んだ精神医学系の論文によると、自殺企図者に最も好まれる手段は大量服薬で、次いで二位は縊死《いし》だった。ただし成就した結末に限れば縊死が断トツだ。大量服薬がわずか三・五％しか成功を収めていないのに対し、首吊《くびつ》りを企図した者はじつに九九・六％もがその願いを叶《かな》えているのだから。ちなみにその論文では縊死の次に成功率が高い手段は有毒ガスで、リストカットも数としては多かったが、すべて未遂に終わっている。

という思いを想起させたのは、目の前の、否、通り過ぎてしまった風景だった。

車窓から流れる景色に目をやっていたら、首吊り死体が目に飛び込んできた。

「女だったね」

私はおもむろに首を回し、後方に小さくなる木を見て呟《つぶや》いた。ブナだろうか。いや、木の種類などはどうでもいい。その枝の一本にロープが括《くく》り付けられていて、垂れた

ロープの先に女がぶら下がっていた。後ろ向きのまま、

「ご覧。女が首を吊っている」

「なんですって？」

叫ぶやいなや、運転席の律《りつ》は急ブレーキをかけた。といっても、そんなにスピードは出ていなかったので、わずかばかりの衝撃を与えられただけで済んだ。

「どこです？」

「ほら。あの白い、ひときわ高い木があるだろう」

運転席からは覗《のぞ》きにくいらしく、律は一度サイドブレーキをかけ、助手席側に身を乗り出した。しばらく凝視した末、律は、

「……いません」

「はっ？　なんだって」

「女なんていません。見間違いでしょう」

「見間違い？　こんな木しかないような所で、間違えるかな。それともあれはナメクジかい。白くて大きなナメクジなら、見間違えても仕方ないが。だがこんな所に巨大ナメクジはいない。あれはマレーシアに生息する……」

律はサイドブレーキに手をかけ、またゆっくりとアクセルを踏み出した。私を覗き見ると彼は、

「その女の服は、何色でしたか」

私は顎《あご》に手を当て、思い出す。

「白っぽい、というよりあれは白装束だったね」

「でしたら、ブナの幹と間違えたんでしょう。だいいち、首を吊るのに、わざわざ高い木を選ぶ必要もないでしょう。手間がかかるだけです」

「誰かに見つけてほしかったのかもしれない。顕示欲の強い自殺志願者だったんだ。もはや死体だがね。引き返さなくていいのか。放置しておくのは君、人道にもとる……」

「お」

「なんだい、何かいたそうだね」

「いえ。ともかく、僕の方が視力いいんです。隈《くま》なく見ましたが、本当に何もありませんでした。だから大丈夫です」

といって律はさらに強くアクセルを踏み込んだ。

乗用車一台わずかに通れるだけの幅を残して、左右には広葉樹がシダ植物をその身に纏《まと》い、無秩序に広がっている。樹木の成長を遮る要素はなかったらしく、樹は空に向かって伸びていて、太陽の光を大方遮っている。正午を過ぎたばかりだというのに車内は、七月頭の昼を感じさせない陰気さを帯びていた。

獣道である。大してスピードは出ない。メーターを覗き込むと、わずかに四十キロであった。

「もっとスピードは出ないのかい」

ハンドルを握る律に、そう声をかけた。返ってきたのは、ひどくぶっきらぼうな答えだった。

「あいにく安全志向でしてね。タイヤが道の凸凹《でこぼこ》を拾うんです。これ以上は出せませんよ、お……」

「どうした、今度は男の首吊りかい」

だが律の目は、先ほどまでと変わらず進行方向を見据えている。

「いえ、何でも……」

「なんだい。……ああそうだ、先にいっておくけど、先方に着いても私のことは『七《なな》隈《くま》さん』か『七隈探偵』と呼ぶんだよ。呼び捨てなんて、もってのほか。いいね？親しき仲にも礼儀ありだ。身内の集まりとは訳がちがうんだから、礼を失することがないように」

「わかっていますよ、七隈さん」

「それと妙な行動は起こさないように」

「なんですす急に。っていうかそれ、お互い様でしょ」

「長い付き合いなんだ。君の考えくらいお見通しなのを、お忘れなく」

「それも僕のセリフですよ」

ふん。生意気な助手だ。私は荒い鼻息で返事をした。

街中を走ればそれなりに人目を引くであろう赤い乗用車も、見る者がいなければ、ただの車である。車体を改造したとはいえ、それも内装の話だ。重心が低い分、安定していると思っていたが、案外そんなこともないらしい。あるいは律のいうとおり、この道の起伏が激しすぎるだけか。

私はウエストポーチから黒い端末を取り出し、左腕に当てた。

「一五一」

それから、キャラメルアーモンドクランチを取り出し、袋を破って齧《かじ》った。ややキャラメルが溶けかけているが、総じて美味。

「あ、ドーナツ。ずるい。着くまで待つって約束だったでしょう」

「そんな約束交わしたかな？　それにしても、まだなのか」

前方に備え付けられた画面上では、森は白く表示され、三角形の矢印（これが我々の車を示すのだろう）が中央から動かないので、これだけでは進んでいるのか否か、判然としない。窓の外も同じような木ばかりが続いている。

「まだですね。あと三十分はかかります。というか、ゲストは七隈さんでしょう。行ったことないんですか」

「ない」

私は言い切り、首を振った。

そう。今回、正式に呼ばれたのは私、七隈探偵事務所の所長である七隈昂《すばる》なのであって、運転席に座る彼、薬院《やくいん》律は、いわば運転手兼荷物持ち兼太鼓持ちなのだ。いや、ある意味で彼は最大の招待客と取ることもできるのだが。

「というより、今回集まるメンバーの内、茶山《ちゃやま》さん――彼が会長であり別荘の所有者だそうだが――と次郎丸《じろうまる》先生以外、おそらく行ったことのある人はいないんじゃないかな」

「へえ。まあ、こんな森の奥ですからねぇ」

律が乾いた感想を漏らす。一拍おいて彼は、

「それで、何でまた、探偵事務所に話が舞い込んできたんです？」

「なんだ、ちっとも話についていけてなかったのか」

「ついていけてないんじゃなくて、七隈さんが大切な話全部すっ飛ばすからでしょ。現状、僕はただの運転手兼荷物持ち兼太鼓持ちなんですからね」

自分の立場をよく弁《わきま》えている。私は嬉《うれ》しくなって口を開いた。

「話をすっ飛ばすのは、探偵の性分だよ」

「探偵の性分って、そういう問題じゃないでしょ、まったく」

「そうだね……。今回は、探偵事務所に話が舞い込んだのではなく、七隈昴という探偵に話がきたんだよ」

「探偵なら誰でもいいわけではない、と」

「うん」

「先方は、何と？」

「うん。次郎丸先生をはじめ、今回はわりとミステリ好きのメンバーが集まるそうだからね。それならひとつ、本物の探偵の話も聴いてみたいと、そういう趣旨の依頼だよ」

「つまり……、解いてほしい謎《なぞ》があるわけではないんですね」

「まあね。今回、私は余興の立場なんだ。それで寝泊まりができて報酬が貰《もら》えるんだ。悪くない話だろう。そうだ、メンバーの中には若い女の子もいるらしいよ」

「へえ」

律はあくまで平静を装っているらしいが、わずかに口角が上がっているのがミラー越しに見てわかる。それに、いつも素っ気ない「へえ」が今のは一オクターブ高かった。結婚を目前にしてその対象を失った律にしてみれば、新しい出会いの場ということでもある。声が上ずるのも、当然といえば当然だ。もっとも、寂しき独り身は私も同じだが。

私は付け加えるように思い出したことを口にした。

「ただ、若い女の子といっても……」

「まさか既婚者ですか」

「いいや」

「幼稚園に通いはじめたばかりとか」

「君、私のこと何だと思ってるんだ」

「だって、ときどき突拍子もないこと口にするじゃないですか」

「ふん。人生も探偵としても、君より長く歩んできているんだよ」

「そりゃそうですけど」

私はひとつ深呼吸をした。

「その人とは私も会ったことはないが、齢《とし》は、いくつといっていたかな。ただ、若いといってもだね。仮に好意を抱いても、更衣を邪魔して行為に及ぼうなんて思わない方が賢明だろうね」

「行為って……、思いませんけど、どうしてです」

「どうしてって、そりゃ当然、その人ももちろん……。ああ、しまった」

思わず私は両の手を胸の前で叩《たた》いた。パンと乾いた音が車内に響く。

律はハンドルを握ったまま、鋭い視線だけをミラー越しにこちらに向ける。

「律君。思い出したよ」

「よくいろいろ思い出しますね。今度は何ですか？　昔食べたカレーパンの味とかですか？」

「招かれざる客に、はたして食事と布団は用意されているのだろうか」

「どういう意味です？　まさか」

「そのまさかだ。さすがわが助手。呑《の》み込みが早い。招待状は、私宛てに届いたんだ」

「そうでしたね。ところで七隈さん。もちろん僕が来ることも、先方には伝えて……」

「それを忘れていたことを、今思い出したところだ」

ここで私は、アハハと声を上げて笑った。この哄笑《こうしょう》は決して意図したものではなく自然に腹の底から湧いてきたものだったが、運転席の彼にいかなる効果をもたらしたかは、その顔を見れば明らかだった。青年の顔から血の気は失《う》せ、肌の色は青白く沈んでいる。

今から電話して事情を説明したところで、もう二十分もすれば着くはずである。ならば会ってから直接わけを話しても遅くはないだろう。

私は暗い沈黙を嫌って、高らかにいった。

「なんてね、冗談だ。律君。君はスペシャルゲストなんだ。悠然と構えていればいいさ」

「いかがわしいなぁ。何です、取ってつけたようにスペシャルゲストだなんて」

「まあ、いい。泊まる部屋がなければ廊下にでも寝ればいい。なに、たったの二泊三日だ。君は頑丈なんだし、季節柄、風邪《かぜ》をひくこともないだろうさ。そのときはホラ、お詫《わ》びといっちゃなんだが、ドーナツ、食べても怒らないから」

「いいですよ、ま、人使いが荒いのは、今に始まったことじゃありませんから。廊下は気が引けますが、泊まれる見込みがないようなら野宿でもします。車の中で、寝られないこともないですし。引き返すなんて真似《まね》はしません。目を離した隙《すき》に、奇抜な探偵に何をされるか知れたものじゃないです」

「そうかい。では君に任せよう」

道幅が徐々に広まり、視界が開けてきた。木漏れ日がフロントガラスに降りかかる。なおもひどく蛇行する道を行くこと十数分。ようやく姿を現した建物が、このドライブの目的地らしかった。駐車場がわからないので、律はとりあえずパーキングにして、それから二人、ガラス越しに目の前の洋館を見た。

「着いたようだ」

「きれいですね。こんな森の奥に、こんな建物があるなんて」

「長旅ご苦労様。まずは降りて茶山さん、それに次郎丸先生に事情を説明しよう」

「泊まれるといいんですが」

「なに、仮に満室でも、君が泊まる方法はあるよ」

「相部屋ですか。それとも廊下？　ああでも、食事はどうしよう。さすがにずっとドーナツでは腹に穴が開きそうですよ」

「ふふん、部屋も食事も問題ないかもしれないね」

「どうしてです」

　ざわ、と遠くでブナの梢《こずえ》が鳴った、気がした。

「簡単なことさ。人が一人死ねば、その分余る。それだけだよ。さあ、行こう」

　律は何も返さず、駐車場を目指して徐行運転をはじめた。

## 2

　建築に明るくない私ではあるが、それが数寄屋《すきや》造りやゴシック建築でないことだけはわかった。

　平屋建てである。外壁の地面に近い部分はタイル仕立てで、腰の辺りから上は白い塗装に変わる。エーゲ海だか地中海だか、とにかく明るい海沿いの洋風建築といった印象を受けた。事実、その建物は背景とじつによい調和を見せていた。

さっきまでの森の陰気はどこへやら、建物の周囲は整地されたのか、それとも、もともと開けた土地だったのか、健康的な開放感をたたえている。建物の東側に国産車が一台停《と》まっていたので律はその横に駐車した。芝生《しばふ》の上にはタイルの道が舗装されている。その上を進み、入口の扉へと向かった。

厳《おごそ》かな扉の前に来ると、その右の壁に一部、色の違う箇所を見つけた。銅板が嵌《は》め込んである。そこには楷書で「夜鳴荘《やめいそう》」と彫られていた。

「入口まで洋風だね」

「入口というより、エントランスでしょうかね。お……、七隈さん。そこに呼び鈴がありますよ」

「どれどれ……、これか」

私の首より少し高い位置にあるそれは、鈴というよりただの金属の輪であった。よく獅子《しし》が咥《くわ》えているアレである。律は私の傍《そば》に荷物を置き、輪を握るとゴンゴンとドアを叩いた。

ほどなく「はい」と声がして、両開きのドアの片方――私たちから見て右側――が、控えめに開いた。外開きなので、来客にぶつからぬよう、こういう慎重な開け方になるのだろう。

建物の内側から柳の枝のような細い腕が伸び、腰を曲げて覗き込む形になった男の目が私を見つけ、やや頭を垂れた彼と私は互いに会釈をした。

「はじめまして。七隈探偵事務所所長、七隈昴《こうべ》です」

すると相手は相好を崩し、一段広くドアを開けた。

「ああ、お待ちしてました。私、茶山恭一《きょういち》と申します。次郎丸先生からお話は伺っております。立ち話もなんですから、どうぞお入りください」

そういうと茶山は一歩乗り出してきた。

上背はさほどない。腰の屈曲も手伝って、律より頭ひとつも低い。ただ、年齢を考えれば、あるいはこれで平均身長なのかもしれない。齢は定かではないが、おそらく後期高齢者だ。髪の大半が白に染まっている。肌の張りは失われ、代わりに小さなシミが散見される。全体に服は清潔で上品な外見を保っている。

茶山は姿勢を正し私の隣に視線を向けた。

「おや、そちらは？」

そちら、が言葉を返す。

「どうも、はじめまして。七隈探偵の助手の、薬院律と申します」

「ああ、運転手さんですかな」

「運転だけではありません。彼は立派な荷物持ちでもあるのです」

「ふむ、なかなか立派な青年じゃあありませんか」

「あの……」

律が大袈裟《おおげさ》に口を開き、

「もしよろしければ、僕も泊めてもらえませんか」

といって頭を下げた。茶山はためらう素振りも見せず、穏やかな顔のまま、

「ええ、もちろん歓迎しますよ。部屋は余っていますし、食事も十分にあります。なんと申しましても、七隈先生のお連れ様ですから大事なゲストですね。さあどうぞ。ではあなたにも会に参加してもらいましょうか」

というわけで、めでたくわが助手も寝床と食事にありつけることになった。

玄関（エントランスか）で外履きを脱ぐ。スリッパは履いても履かなくてもどちらでもいいらしい。律は一番大きなサイズのスリッパを履いた。私はそのまま進む。外履きは靴箱に収められているらしく、私たちが何人目なのか、ここでは知りようがない。

目の前にまた両開きの重厚な扉があって、茶山が開けるので後をついていくと、次の間はホールらしかった。

空間は、三十畳ほどはあるだろうか。四メートルほどの高い天井からはシャンデリアが吊るされており、瀟洒《しょうしゃ》な光がホールを照射する。ただ、シャンデリアだけでは補いきれないらしく、壁のいくつかの面は間接照明が照らしている。

ホールにはそれから、左右と正面に各ひとつずつ、ドアがある。つまり背後の両開きドアを合わせれば、四方いずれも別の空間に通じているらしかった。今、正面のドアだけが左右とも手前に開かれている。先は廊下らしい。他には右の壁に沿って座り心地のよさそうな猫脚のソファが一脚あって、左奥の壁には絵が飾られている。人物画だろうか。後でじっくり見ることにしよう。

空間は、ホールとしては申し分ない広さだが、何というか、ものすごく贅沢《ぜいたく》な土地の活用法である。この一室より狭いわが探偵事務所の散らかりを思えば、羨《うらや》ましいというのが正直なところだ。

天井を眺めながら私はいった。

「次郎丸先生からは、なかなか興味深い集まりだと聞いています。皆さんも探偵の話を楽しみにお待ちでしょうが、同じように私も皆さんの話を聴くのが楽しみですよ」

「楽しめるような話があればいいんですが……」

と茶山は苦笑いを浮かべた。

「ところで次郎丸先生は」

茶山は壁の時計に目をやり、

「まだなんです。夕方までには着くとおっしゃっていましたが」

私も掛け時計を見た。十三時ちょうどだった。

「そうそう本日の夕食ですが、十九時の予定です。前菜にスープ、メインディッシュが十九時四十五分、デザートは二十時十分を予定しています。ちょっとしたコース料理ですよ」

「それは楽しみです。……僕も楽しんでいいんでしょうね。それにしても、ずいぶんきっちり時間が決まっているんですね」

「当然じゃないか。細やかな時間配分こそ、茶山さん最大の配慮だよ」

「そうなんですか。……ああ、なるほど」

すぐに律も理解したふうだった。

「しばらくありますので、それまで館の周りを散策されるのも良いですし、小さいながら遊戯室と図書室もありますので、どこぞでくつろがれても構いません」

「それもいいけれど、まずは一服したいね。それに律君の荷物も置かなくちゃいけない」

「大半が七隈さんの荷物なんですがね。僕のは着替えくらいのものです」

律は黒いカバンとリュックを持っていて、腹にはその腹黒さを象徴するような真っ黒なウエストポーチを巻いている。かたや私はウエストポーチのみだった。

「失礼しました。では先にお部屋へご案内しましょう」

といって歩を進めた。ホールから廊下に抜けるタイミングで、

「ひとつだけ。触ることはないかと思いますが、この扉だけ閉じないようお願いします」

といって、天井付近までそびえる立派な扉をコツンと叩いた。

「というと？」

「廊下と繋《つな》がっているだけですので、閉じる習慣がなかったのです。そうしたら今度は、いざ閉じようとすると物凄《ものすご》い音がたちまして。蝶番《ちょうつがい》が錆《さ》びたのか何なのか。開けておいて不自由はないので、開けっ放しにしているんです」

「そんなにうるさかったんですか」

「ご覧のとおり、立派な造りですので。それはもう、館内に響き渡るほどでした。建物自体、そんなに広くないというのもありますが」

なるほど高さもさることながら、幅も片側だけで二メートル近くある。これでは静かに開閉するほうが難題だろう。

「では、こちらです」

ついていくと、先は明るい感じの廊下だった。廊下は左右に延びている。幅は二

メートルほどで、人が三人も並べば、やや窮屈に感じるほどだ。

茶山は左に折れ、数メートル進んだ角を右に曲がった。その先もまた廊下で、左右にドアが三つずつ見えるから、どうやらここからが客室らしかった。

「そういえばお二人、ハンカチかタオルはお持ちですか」

茶山が唐突に話しかけてきたので返す。

「ハンカチがありますが」

「僕もタオルありますけど」

「それはよかった。いえ、お伝えするのを失念してしまいまして。今回、人数が多いものですから、各お部屋にタオルやペーパータオルの準備がないのです」

といって、すまなそうに顔を伏せた。

それから、

「お疲れでしょう」というので、「頭が痛いですね」と返すと、横から律が、

「頭が痛いって、誰のことです」

と、むっつりした口調でいう。

「はは、お二人は仲がよろしいんですね」

「それはどうでしょう」

突き当たりで茶山は歩を止め、

「この左手の部屋が七隈さん。少し戻って、一部屋挟んだあの部屋が薬院さんです。部屋名など洒落《しゃれ》たものはありません。簡易的に左奥から一、二、三。廊下を挟んで四、五、六、東の棟に飛んで七、八、九。さらに廊下を挟んで十、十一号室となっています。棟は概《おおむ》ね男女で振り分けさせてもらいました。それと十二番目にあたる部屋が、図書室です。ええと」

茶山はズボンの右ポケットから鍵《かぎ》の束を取り出し、

「七隈さんが一号室、薬院さんは三号室です」

といって、その内の二つをキーホルダーから外した。私たちはそれぞれの部屋の鍵を受け取る。見た目には同じ形の鍵だ。

「持ち手の部分に数字が書いてありますね」

「どれ。ああ、なるほど」

たしかに私の鍵には1とある。律がかざした手には、3の鍵。書いてあるというより彫ってあった。

「よろしければ、後でお飲み物をお持ちしますよ」

「至れり尽くせりですね。喉が渇いたし、では私はビールを」

「ビール、ですか」

茶山がきょとんとした顔を見せる。

「七隈さん。こんな昼間からビールだなんて何をツマミに……、いや昼とか夜とか、ツマミがどうとかじゃなくって。アルコールはよしましょう」

「そうですねぇ。紅茶かコーヒーではいかがです?」

私が答える前に、律が口早に、

「紅茶、紅茶をお願いします。七隈さんもそれでいいですよね?」

「ま、いいか。お願いします」

「ではお持ちしますので。ごゆっくり」

3

内開きのドアを開けると、正面の窓からほどよい強さの西日が射《さ》し込んでいた。位置と時間、それに光の角度からして、窓はほぼ真西に面しているはずだ。とすればこの部屋の右手の壁が北で、ドアは東と考えてよいだろう。

白い床はきれいに掃除してある。入ってすぐ右にある扉を開くと、段差のないユニットバスになっている。鏡はピカピカだがタオルは一枚もない。ペーパータオルの類《たぐい》もなく、持参したものを使うことになる。部屋の左の壁側にベッドがあり、布団が敷かれている。季節柄、掛布団は薄い生地のようだ。右手にはデスクと椅子。その上の壁に掛けられた小さなキャンバスには、風景画が描かれていた。

窓の先には芝生が広がり、さらに先には常緑樹の森が見える。客室というのは言い得て妙で、まさしくホテルの一室といって差し支えない造りだった。

「さてと」

自室を出て律の部屋に向かい、ドアをノックした。

「やあ、どうもすみません……。なんだ、七隈さんか」

「紅茶でなくて残念だったね。ああ、それにしても暑いねこの部屋は」

「同じ西向きで大差ないでしょ。あ、さては自分の部屋のエアコン点《つ》けてきましたね」

「今日も熱帯夜だ。夜に向けて事前準備しておく。探偵の基本だよ」

「ボタン押しただけでしょ」

「さあ律君、荷物は置いただろう。行こうか」

「どこへです」

「館見学だよ。なかなか面白そうじゃないか。それに天気もいい。散策するのも気持ちが良さそうだ」

「待ってください。僕、運転で疲れてるんです。休憩してからにしませんか。それに部屋に居ないと茶山さんが困りますって。ああ、そうだ。見学なら後で正式に茶山さんに申し込んでみたらどうです？　案内してくれますよ、きっと」

「ふむ。それもそうだな。じゃあ、邪魔するよ」

すると律が露骨に困り顔を見せたので、私は引き下がった。

「わかったよ。また後にしよう」

「ちょっと待ってください」

慌てて律が止めにかかる。私は彼のほうを振り向き、

「なんだ、私は部屋に戻ればいいのか、ここに居ればいいのか、どっちなんだ」

「車の中でもったいぶってたことがあるでしょう。若い女性がいるけど期待するなだとか、人が一人死ねば部屋が空くとか、あれ、どういう意味なんですか。そもそもこれ、いったい何の集まりなんです？」

私は深いため息を吐《つ》いた。

「質問が多すぎるよ、まったく。最後の問いの答えがわかれば、最初と二つ目も自《おの》ずとわかるだろう。それとも茶山さんに訊《き》くかい。彼なら教えてくれるよ。何といっても、主宰者なんだからね」

律は憮然《ぶぜん》とした顔を作りながらも、

「ふぅん。わかりました。そうします」

会話が途切れたところで、折よく背後からノックの音が届いた。

「会の趣旨ですか」

テーブルに二人分の紅茶を置いて、茶山は私たちを交互に見た。

「お忙しいところすみません」

と律が詫びる。

「おい、律君」

私は窘《たしな》める意味で言葉を投げた。

「ほら、茶山さん立ちっぱなしじゃないか」

現在、部屋の椅子にはカバンを抱えた律が腰掛けている。私はこのままでも平気だが、わざわざ茶を運んでくれた茶山の腰を休める場所が、ベッド端くらいしかなかった。

「いえ、私は構いませんよ」

「いえいえ、失礼ですが茶山さん腰がよろしくないのでは？」

「ほう、どうしてそれを？」

「観察はわれわれの基本ですが、こんなものは観察でもなんでもありません。腰の屈曲は一目瞭然、それにお齢を考慮した当然の帰結です。ほら、ということだ律君、私の部屋から椅子を持ってきて」

律はしぶしぶ立ち上がり、ほどなく椅子を片手に戻ってきた。それに座ると茶山は、

「では改めまして。私がこの〈かげろうの会〉の発起人、会長の茶山です。もともとは総合病院で精神科医として勤めておりましたが、世間でいう定年を迎えてからは、気ままに暮らしておりました」

「よくある話ですね」

「精神科の先生なんて、非凡ですよ」

と律が横槍《よこやり》を入れる。

「そうだね。君には一生務まらないだろう。それで？」

「退職後は趣味のゴルフを楽しんだり、孫と遊んだりと充実した日々だったのですが、三年前に妻に先立たれまして。そのころから体調に異変を感じるようになったのです」

「というと」

「私の場合まず息切れでした。階段を一階分上るだけで息が切れるようになり、まあ、これは齢のせいもあるだろうと考えていたんですが、後を追うようにして疲れが……、倦怠感《けんたい》というんですか。身体《からだ》が重いような、思ったように動かせないような、気怠《けだる》さがのしかかってきたんです」

「それは大変ですね」

と間の抜けた相づちを打ったのは律だった。おそらく話の先が見えていないから、こうなる。本当に大変なのはその先だろう。だから私が、

「それで、何だったのです」

と促した。

「肺癌《がん》でした。私の場合、小細胞癌です。専門病院に行ってわかったんです。手術対象ではない、とのことでした。古い話のように聴こえたかもしれませんが、抗がん剤と対症療法で凌《しの》ぎながら、入退院を繰り返してきました。最後に入院していたのが、今年の正月の話です」

正月というと、地球の公転軌道上では、ちょうど反対ということになる。

「最初の入院の時から、気晴らしに闘病ブログなんかも書き始めましてね。朝起きて頭痛がしただの、今日の病院食のメニューは何だの、日常の些細《ささい》なことを綴《つづ》るわけです。最後には自分を叱咤《しった》激励《げきれい》するような、前向きな言葉を添えてね。誰に見られるでもなし、と自由に書いていたのですが、意外にもこれがなかなか好評でしてね。しだいに何通かメールをいただくようになりました」

「話、逸《そ》れますが。誰に見られるでもなし、くらいの気持ちならばブログでなく日記にすればよかったのでは？」

「ええ。ただ、やはり心のどこかでは誰かに読んでほしいという顕示欲のようなもの

があったのでしょう。それと手書きよりパソコンの方が慣れていて書きやすかったというのもあります。内容は本当にどうでもいいです。ただ、結果が大事です。書いたことにより読んだ方との交流が持てた、という結果が」

「なるほど。たしかにそうですね。それで？」

「退院してからもブログは続けました。独り身のものですから、身の回りのある程度のことは自分でやらなければなりませんが、料理はからっきしでして。週一回ヘルパーさんと、近くに住む孫に手伝ってもらいながら過ごしていました」

「素晴らしい。孫でも助手でも、身の回りのことは何でも任せておけばいいんです」

「『でも』ってなんですか、『でも』って」

またしても律が口を出す。律儀なツッコミ係である。

「癌は、ときどき局所的な痛みをもたらすこともありますが、基本的に穏やかです。ほんとうに自分の中で癌細胞が増殖しているのか、疑いたくなるくらいに。ただ、癌であることは事実です。それとですね、私ももう八年ほどで日本人の平均寿命に達します。とてもじゃないが、大病を患っている自分にそこまで生きていられる自信はない。それで、思い切って訊いてみたんです、医者に。『私はあとどれくらい生きられますか？』と」

律がいつにも増して真剣な光を目に宿した。まるで彼が茶山の主治医であるかのように。茶山は話のペースを崩さず、小さく唾を飲み込んでから、こういった。

「『もって一年』とのことでした」

ざあっと、どこかで葉擦れの音がした。風が出てきたらしい。外に出ればさぞ気持ちが良さそうだが、そんな好天とはうって変わって部屋の空気は重く鈍色《にびいろ》に染まりつつあった。律のせいで。

「ほら。君がそんな目を向けるから、深刻な気配に呑まれてしまったじゃないか」

「いや、十分深刻でしょ。『もって一年』って。それ、訊いたのいつです？」

「春先でした」

「じゃあ、あと八か月？」

といって律は私に鋭い目を向けた。

「律君。そう驚くことはない。余命宣告なんてのは、よくある話だよ」

「そうです。いや、老い先短いのはたしかですが、医者のいうとおり、きっかり八か月と捉えるのも、ちがうんです」

「どういう意味です」

「それは追って説明しましょう」

ここに至ってなお律は状況を呑み込めていない様子だったので、

「夕食の時にでも訊けばいい。よくある話だから」

「だから、それもよく意味が……」

「薬院さん。〈かげろうの会〉はいうなれば、私のブログがきっかけで集まったメンバーの会なんです。オフ会とでもいうのでしょうか」

「はあ」

「ですから」

茶山は乾いた咳《せき》をひとつ払った。

「メンバーは、余命宣告を受けた人ばかりなのです」

4

時刻は十四時に近かった。茶山は再度「ごゆっくり」と言い置いて、部屋を辞去した。私は紅茶をひと口啜《すす》った。銘柄は知れないが、苦味が強かった。律は、紅茶は喉越しといわんばかりに飲み干すと、立ち上がった。

「どこへ行く?」

「椅子、七隈さんの部屋に戻しておきますよ」

「そりゃ助かる」

「それから、夕食まで僕、寝ますからね。七隈さんも自分の部屋に戻って……うん？」

「どうした」

「廊下から声がします」

律が小さくドアを引く。私はおもむろに近づき、律の脇に潜り込んで廊下を覗き見た。左前方、私の部屋の隣に立つ、やや丸まった背中。あれは茶山だ。立ち話をしている。そして彼の背の奥にいるのは、

「次郎丸先生」

私がそう叫んだので、頭上の律が「おうっ」と間抜けな声を上げてのけぞった。茶山が振り向き、次郎丸先生の瞳が、黒縁眼鏡《めがね》越しに私を捉える。

「やあやあ、七隈先生。それに薬院君も」

次郎丸先生と茶山はそろって私のほうへ歩を近づけた。律がドアを広めに開け、

「お久しぶりです」と覇気のない挨拶を述べる。

「いつぶりかな」

「お葬式でしょうか」

面と向かい、二人は黙って立っている。会話が続かないのだろう。無理もない。茶山が話を継ぐ。

「薬院さんは今回、特別ゲストというわけです。ね、七隈さん」

「まあ、立場上そうなるね。次郎丸先生。ひとつよろしくお願いします」

私は、幾月かぶりに再会したわが知人の顔を見た。

茶山と並んで立つと、次郎丸先生と外見上の共通点がいくつかあることに気づいた。まず、身長は同じくらいだし、髪に白いものが交じっている点も似ている。一番のちがいは眼鏡だろう。それと先生は、職業柄か知らないが、スーツの中にはきっちりとネクタイを締めていて、その上に白衣を羽織っている。さすがに今は肩に聴診器を掛けてはいない。

茶山のほうは、ホストという立場もあるのだろうが、やや神経質かつ、よく気配りが行き届いている印象を受ける。次郎丸先生はこうして見ると、穏やかな好々爺《こうこうや》といった感じだ。

「先生は、今日はどうやってここまで？　ご自身で運転を？」

「はは、まさか。あの獣道を運転できるような体力も瞬発力も、老いぼれには残っておりません。若いスタッフに送ってもらいました」

「うん、それがいい。運転なんてのは、助手に任せておくに限ります」

「ではでは、私は先生にお飲み物を」

「では、日本酒を冷やで」

「酒、ですか」

「いけませんかな。ではメロンソーダを。なければコーラを所望します」

「……紅茶にしましょうか。甘い物は夕食にお出ししますから」

そういって茶山は後ろ姿を廊下の先に小さくした。

「次郎丸先生、さあ、こちらへ。律君。その椅子をどうするつもりだい。先生に空気椅子を強いるわけじゃあるまいね」

客が茶山から次郎丸先生に入れ替わる。律は「はあ、どうぞ」と重苦しいため息を吐いて先生を招き入れた。


口につけたカップを離すと、次郎丸先生は律を一瞥《いちべつ》した。

次郎丸先生は、Q町で三代続く開業医だ。跡取りなき今、古希を過ぎてなお次郎丸脳血管内科・脳神経外科医院を切り盛りしている。しがない町医者と本人は謙遜《けんそん》するが、腕が立つのは確かだ。

ちなみにQ町というのは、関東地方の北に位置する、過疎化の進む小さな町だ。そして、わが探偵事務所の所在地であり、私の出身地でもある。

「思えば長い付き合いですね。刑事のころは、お世話になりました」

「そうですな。七隈先生の刑事時代には、いろんな事件に関わってきました」

もともと探偵という生き方に興味があった私は、数年前に刑事の職を辞し、その後探偵事務所を開業した。開業、自営業という点では次郎丸先生と同じである。

そして刑事時代は、田舎《いなか》で起こった事件の検死や助言などでずいぶんお世話になったものだった。古い縁で、今でもときどき、その力を頼りにすることがある。

「七隈先生、今もお世話になってるでしょ」

心を読んだように律が口を出す。

「ああそうだね。今日も先生にお招きいただいたからこそ、こうしてこんな素敵な館に来ることができたんだからね。ほんとうに感謝です」

「ところで先生は、あの茶山さんとはどういう関係で？」

またしても律だった。

律はこの会のメンバーをほとんど知らない。私もこの会の趣旨と今回集まるメンバーの大まかな構成、それに自分が招待された理由については知っていたが、メンバー同士の詳しい関わりまでは知り及んでいない部分もあった。

「茶山さんから、会の成り立ちについてはお聞きになりましたかな？」

私たちは首肯した。

「でしたら話は早い。儂《わし》も会員の一人というだけだよ」

といって次郎丸先生は、左手で胸の辺りを押さえた。

「ご病気でしたか」

「儂ももう七十を過ぎた。人様の健康に与《あずか》る商売とはいえ、病気のひとつふたつ持っていたとて、不養生の誹《そし》りは受けんでしょう。儂の場合は肺です。茶山さんと同じ、癌ですな。それに糖尿も。いや、糖尿が先だったんですが、それもあってか癌の進行が早かった」

「そうでしたか」

律は声を抑えて嘆息した。

「ただ、こうなれば死ぬまで現役を続ける所存ですよ。薬さえ飲めば今のところ日常生活はなんとかなりますからな。それに、やらねばならんことも残っとる」

こうなれば、に並々ならぬ語気を感じた。

「うん。先生に引退されては、困る人が山ほどいるでしょう」

「この会へは、もう何度か参加されているんですか？」

と律。次郎丸先生は「ええ、ええ」と頷《うなず》き、

「二度目です。茶山さんから話があるでしょうが、こういう集まり自体、今回が四回目らしいのです。不定期に集まっているとか。メンバーは十五人いて、そのときどきの体調や都合で、来られる人だけ集まっているそうです。前回儂が行った時は、市の公民館の一室で集まっとりました」

「それが今回は別荘ですか。へえ、気合が入ってるな」

と律が心の底から驚いた声を上げたので、私も続いてみる。

「夏合宿みたいですね」

「うむ、合宿にしては平均年齢がずいぶん高いですがな」

次郎丸先生は、はっはと笑う。乾いた唇の奥に、前歯の欠けてできた空間が見えた。

先生は、荷解《にほど》きがある、といって部屋を後にした。時計を見ると、夕食まであと四時間もあった。私は館見学に行くべく律の方を振り向いたが、情けないことにわが助手はベッドの上にうつ伏せになり、寝息をたてはじめていた。

旅の疲れか私も頭が重く感じられたので、部屋に戻って休むことにした。


ノックの音で目が覚めた。十八時四十分だった。

三回のノックに続いて「七隈さん」の声ひとつ。ドアの向こうの助手はそれを繰り返している。長年の田舎育ちゆえ施錠の習慣がないことは律も承知のはずだが、律儀に扉を叩いてくる。

「七隈さん、わかりますか」

ドアは閉じたままだ。

「鍵は開いてる。必要なら開けていいけどね、君は人を起こすのにいちいち大声を出さなくちゃいけないのか。自宅と勘違いしてないか。ここには他の客だっているんだよ」

「もう三十回もノックしましたよ。指が腫れそうですよ、まったく。声だって、あれくらいじゃないと起きないでしょう」

「覚醒するまで眠っているのが、私の睡眠だ」

「誰だってそうですよ。食事の準備はお済みですか」

「まだだ。ちょっと待て」

私はペン型の針を手に持ち、その先端を反対側の人差し指の腹に刺した。小さな痛みが走る。それから、腹にも針を。いくつかの準備を済ませると、口うるさい助手に後を押され、食堂へと向かった。

ホールの方へ進むと、廊下の中央、扉の前に茶山が立っていた。私たちを見つけたとみえ、やさしい表情を浮かべる。

「食堂の案内を失念しておりました。迷うほどでもないのですが、闇雲に移動させるのも申し訳ない……。さあ、お二人で最後です。こちらへ」

茶山の背中を追って、ホールへ入った。

ホールに入り左手（エントランスから向かって右手）の扉を開けると、その先が食堂であった。

他の部屋と同様、白を基調とした清潔感のある空間を、天井から二つのシャンデリアが照らしている。部屋の中央には、クロスの敷かれたテーブルが奥まで延びており、左右に背もたれの高い椅子が並んでいる。右手奥の二席は女性二人が占めていて、その手前が空いていた。

「さあ先生、こちらへどうぞ」

と茶山に促され、私は空いている席に滑り込んだ。やはりゲストは女性の隣がいい。私の左、入口側の末席に茶山が座る。テーブルを挟んで反対側には三人、男性が席を占めている。一番手前の椅子が空いており、律はそこに腰を下ろすことになった。

軽く周囲に目をやる。

一人分の席の前には、白磁の皿の上にナプキン。ナイフにフォークにスプーン。シャンパングラスにワイングラス。本式のディナーの様相だ。どうやら、食事の期待は裏切られなそうだ。私はナプキンを持ち、口許《くちもと》を拭いた。ナプキンの端には、点状の血が付いていた。

それから私は軽く周囲に目を向けた。律がキョロキョロ首を右に左に動かしている。いったい、この会に集まるのは、どういった人たちなのだろうか。私は特に気にならないが、わが助手は大いに気になっている様子だった。

最奥の男は、座っているせいで身長はわからないが、平均的な高さだろう。そして丸い。ぼってりした感じの、トドかセイウチのような図体《ずうたい》をしている。そして顔もセイウチっぽい。イラついた気配が滲《にじ》んでいる。着ているシャツは、たぶん高価。齢は五十代に差し掛かったくらいだろうか。

その横は、座高の高い色白の男。セイウチよりひと回り若そうで、見た目には首のスカーフが特徴的だ。私と目が合い、鋭い視線を向けてきたので、睨《にら》み返してやった。友達が少ないタイプだ、きっと。私たちが入ってきた時からずっと、スマホをいじっている。

反時計回りに進んでいって、スカーフの隣、つまり私の向かいが次郎丸先生。さらに左に律。律の向かいに茶山。そして私ときて、隣には首に顎が沈みかけた、ふくよかな女性。

奥の女性と喋《しゃべ》っていて顔はあまり見えないが、黒髪が妙に艶がかって見える。私は「ああ」と納得した。あれはウィッグなのだ。おそらく彼女も癌か何かに罹《り》患《かん》していて、化学療法の代償で頭髪が失われたのだろう。ただ、確かめないことには確証は得られない。腫瘍はエネルギーを奪うというし、現に茶山や次郎丸先生は痩《や》せておられるが、この女性の腹の脂肪細胞は、地面と水平方向に広がりをみせている。

そして一番奥の若い女。さっきから婦人と話しているのかと思いきや、どうもウィッグ女史が一方的に言葉を浴びせているだけで、会話は一方通行のようだ。痩《そう》身《しん》、というより華奢《きゃしゃ》な彼女は「ええ」とか「はい」とか適当に受け流しているように見える。

大学生だろうか。二十歳を過ぎたばかり、あるいは未成年かもしれない。少女と女性の端境期《はざかい》にあるような、あやしい不均衡がほのかに漂ってくる。壁に溶け込むような白い肌は不健康のためでもあろうが、彼女の場合、それがかえって美しさを引き立たせている。黒い髪はウィッグではなく地毛だろう。くっきりとした二重瞼《ふたえまぶた》からは、意志の強さと憂いを感じさせる……といえば個人的な感傷が勝ちすぎるだろうが、とにかく彼女には、この場の他の人にはない異質さを覚えずにはいられなかった。

時計の短針が七を指したところで茶山が立ち上がり、

「皆さん、お待たせしました。今回の〈かげろうの会〉の集いを始めましょう。ご存じのとおりこの会は好評の下、五か月という長い歴史を誇り、初めましての方もお久しぶりの方も含めて、もう四回目となります。それで、五か月を記念いたしまして、これまでは公民館などで開催しておりましたが、今回は趣向を変えまして、僭越《せんえつ》ながら私邸にお招きしたと、そういう次第です。それに今回は、特別な催しも予定しています」

私は、創設五か月という中途半端な歴史のどこに記念すべき点を見出《みいだ》すべきか悩んだが、すぐに考えを打ち消した。料理にありつけるのなら、なんでもいい。

「あのお、茶山さん」

と控えめな挙手とともに発言したのは、右隣のウィッグの婦人だった。

「五か月なんて中途半端な歴史のどこに記念すべき点を見出すか、大いに悩むところですけど、自己紹介がまだなんじゃないですの」

「ああ、そうですね。橋本《はしもと》さんは皆勤賞ですから顔見知りもおられるでしょうが、初対面の方もいらっしゃいますからね。では」

「それより前菜だけでも出してくれんかね。腹が減って堪《たま》らない」

と低く伸びのある声で婦人の意見を打ち消したのは、右端のセイウチ中年だった。セイウチのいうことももっともだ。目の前の食器だけでは、いつまで経《た》っても空腹は満たせない。

「なるほど六本松《ろっぽんまつ》さんのいうことも、もっともです。どうです橋本さん」

婦人は「構いませんよ」とニッコリと笑った。それが私の目には、どうも不自然な作り笑顔のように映った。

「では、そうしましょう。あらかじめお断りしておきますが、ここはあくまで私的な別荘でして、専属の使用人や料理人というものは常駐しておりません。それで今回は、料理人兼使用人を雇いました。先に紹介しておきましょう。桜子《さくらこ》」

名を呼ばれて、若い女の後ろのスライドドアが開いた。

現れたのは、コック服を身に纏った、すらりとした女性だった。二十代前半か半ばくらいだが、あどけなさの残る、かわいい系の女子といった感じ。茶髪はゴムで束ねられ、後頭部で結ってあるのだろうが、おかげで白い帽子が不自然な角度に傾いている。律が好みそうなタイプだ。

「千崎《せんざき》桜子です。精一杯腕をふるいますので、お願いしまーす」

満面の笑みを振りまいて一礼すると、ステップを踏むように軽やかに踵《きびす》を返してドアの奥に消えていった。厨房《ちゅうぼう》だろう。茶山が補足する。

「私の孫で、イタリアンレストランで料理人をしております。今回、たまたま都合がつきましたので、明後日まで臨時で採用したと、こういう次第です。なにぶん一人で切り盛りするわけですから、少々進行が遅くなるかもしれませんが、ご勘弁を。ただ、若いですが、腕は確かですよ」

「存分に期待していますよ。私もなにかできることがあれば、お手伝いしましょう。ワインの開栓はできませんが、試飲かなにか」

「いえいえ。ゲストの方のお手を煩わせるわけにはいきません。それに、七隈先生にはお話をしていただかねば」

「ははっ、そうでした。今日はいろいろありましたからね、すっかり忘れてました」

ほどよく雑談が落ち着いたところで、前菜が届いた。桜子が丁寧な手つきでそれぞれの卓の前に皿を給仕して回る。前菜は、チーズ数種にハムと青菜のサラダであった。

緑と黄色をフォークで刺して口に運ぶ。ほのかな塩気が野菜に、皿全体に力強さを与えている。

「イタリアンですね」

「ええ。ある程度、孫の得意分野を活《い》かせるよう、自由にさせたのですが。お気に召しませんでしたか」

「いえ。好物ですよ。フランス料理より肩が凝らなくていい。それにビールが進みます。そうだ、ピザは出ますか？」

「七隈先生、ピザはよしましょう、ピザは」

律が何といおうと、ピザにビールはよく合うのだ。

5

「先生のお話を伺う前に、会についてお話ししておきましょうか」

茶山が私と律に向けていった。席を入口から見て奥と手前に分けたとき、手前四人は私、律、茶山、次郎丸先生となるから、必然、小声になる。私はチーズをよく咀嚼《そしゃく》しながら耳を傾けた。

「成り立ちについては、先ほどお話ししたとおりです。インターネット上で情報をやりとりしている内に、実際に会ってみようと企画したのが始まりです。活動内容としては、お互いの近況報告や情報交換、それに私に力になれることがあればと、皆さんのお話を拝聴して、差し出がましいですが、助言を添えることもあります。やすらぎを与えるとか、心の安寧を図るとか、もっともらしい大義名分は設けていますが、もちろん何もなくてもいいんです。ただ集まって、気分転換になれば、それで」

「気分転換のために、二泊三日も？」

「時間こそ最大の癒やしです。まあ今回は特別ですけれど。今回も、メインイベントは明日のカウンセリングですかね」

そんなものだろうか。

「会員は何人くらいいるんです」

「十五名です。体調とスケジュールが合う人だけ参加するので、メンバーはそのときどきで流動的なんですよ」

すると律が横槍を（正面からだが）入れる。

「皆さんはその、余命宣告を受けられているんですよね。それにしてはずいぶん、お元気そうに見えますね」

「いいことじゃないか」

ハムを噛《か》み切った次郎丸先生が「それは、儂から説明しよう」と話に加わった。

「そもそも余命とはなんぞや。薬院君」

次郎丸先生は右を向いて律に問いかける。

「残りの命。あとどれだけ生きるか、ってことでしょう」

「ふむ。では、いかにしてそれを知る？」

「その人の病状……病気の程度や進行状況、それを過去のデータと照らし合わせて、総合的に判断しますよね」

「流石《さすが》だな。概ね正解と考えてよい」

律は医学の心得がある。その程度は答えられて当然だった。

次郎丸先生は続ける。

「余命宣告をする際にまず考慮するのはデータ、つまり相対生存率や生存率調査、儂の場合は脳卒中データバンクの予後調査なんかですな。次に患者の体力、そしてその担当医の経験など。これらを総合的に勘案して、しかる後に予後は慎重に言い渡される。だが、統計データはあくまでデータであって、実際の病気の進行など千差万別。同じ肺癌でも、たとえば大きな血管の近くにあるとか肺尖《はいせん》近くにあるとか、体力、治療感受性など、患者によって状態はさまざまなのだ。だから勘違いしなさるな。余命宣告を受けたイコール、その期間しか生きられない、などということは断じてない」

「それでは、余命宣告など意味がないのではないですか」

「そう考える医者が多いのも事実。いや、儂も以前はその立場だった。だが、患者の中には、どうしても残りの寿命がどれくらいなのか知りたい人もおるし、彼らの考えも、無下に否定できるものではない。たとえば、末期の癌患者に『大丈夫』と励まし続けるのも、儂はいかがかと思う。診断結果を曇りなく伝えるのもまた、医師の務めだからな」

「そうですね」

「それで余命宣告だが。外れることも大いにある。あと一年しか生きられないといわれ、それ以上生きたケースも珍しくない」

「逆のパターンもあるでしょう」

「むろん」

といって次郎丸先生はシャンパンを口に含んだ。前菜の皿が下げられ、代わりにコンソメスープが置かれる。次郎丸先生がスープを啜ったタイミングで、茶山が話をつぐ。

「だから難しいところなんです。まずは、患者と家族が残りの人生に何を望んでいるのか、何を期待しているのか。それを知ることからですね。つまり、なぜ余命を知りたいのかを。孫の結婚式に出たいとか、できるだけ長生きしたいとか。その上で、直《ちょく》截《せつ》的な伝え方は控えるようにします」

「というと」

「ドラマにあるような、『あと一年です』などというショッキングなシーンは現実とはかけ離れている、ということです。

たとえば一年の余命を告げようとする患者に、『一年後の孫の結婚式に出たい』という願望があるとします。この時、『あと一年です』と告げるのと『今の栄養状態では少し厳しいかもしれませんが、もう少し食事を摂《と》るようにして、リハビリを続ければ、きっと出席できますよ』というのとでは、受け手の印象が変わってくるでしょう」

「ですが後者の場合、余命宣告ではないんじゃないですか」

「いや、こんなものですよ。それ以上の、具体的な期間を知りたい患者には、あくまで婉曲《えんきょく》にですが、何か月です、とお伝えするのです。それと最後に大事なことですが、あくまで予測は予測であって、外れることも多いことを付け加えるのです。『良い意味で予測が外れることを期待していますよ』とね」

スープに満ちた匙《さじ》を口につけ、律が、

「あれ、でも、ここに居る皆さんは具体的に余命宣告されているんですよね。てことは」

茶山と次郎丸先生が同時に苦笑いを浮かべる。

「生に執着した、生の亡者ですわい。自分のことは知りたくて知りたくて、目安でいいからと、しつこく訊いたのが、儂らだ。儂も茶山さんも、肺癌は専門外だったからな」

「ええ。ただお断りしておきますが、会を主宰して偉そうに講釈を垂れたくせに私、じつは一度も自分の患者さんに余命宣告をしたことはないのです」

「えっ、そうなんですか」

「精神科医だからという理由が大きいですが。死に直面するような病気とは、長らく縁がなかったのです。ですから今申しました余命宣告うんぬんは、本や同僚からの受け売りでして。次郎丸先生はいかがです？　患者さんに余命宣告をされたことは？」

「儂は一度だけですな。自分が受けてみてわかったが、する側もあまり気分のいいものじゃありませんな」

律が軽く右手を挙げる。すっかり話題が気に入ったらしい。

「余命宣告って、正式な診断として下されるわけじゃないですよね」

「そうです」

「診断書に記載されるわけでもないんでしょう」

「ええ」

「じゃあ、ここに集まった人たちが余命一年以内だなんて、茶山さんはどうして知ったんですか？」

なるほど鋭い質問だ。茶山はトーンを変えず答える。

「さあ」

これは、短くも意外な回答だった。私は、握っていたスープスプーンを落としてしまった。拾うわけにもいかず、給仕係でもある桜子は厨房に引っ込んでいるので、スプーンなしでスープを啜ることにした。

「自己申告制なんです。自主的に申し出て、集まった。それだけです。診断書を見れば病気の確認はできますが、余命までは知れません。ただ、嘘《うそ》をついてまで参加するメリットはないでしょうし、皆さんのことは会長である私が信頼しています」

五か月で築いた信頼である。

「しいていえば、顔色が病状を物語っていますね」

「顔色、ですか」

見回すと、なるほど血色のいいのは律くらいのもので、他は土気色をした顔ばかりが並んでいる。演技で作るのは難しそうな、血の気の失せた顔色だ。

スープが済み、メインディッシュが運ばれたところで、茶山が「少し遅くなりましたが、簡単に自己紹介をしましょう」と切り出した。

まず茶山が立ち上がり、名前と自身の病状、近況などを一分ほどでまとめて述べた。それから、「では」と最奥の男に顔を向けて発言を促した。

セイウチは座ったまま、

「名は、六本松唐人《からと》。職は会社取締役、立派な肩書きに聞こえるかもしれないが、ちっぽけな会社だよ。病気のこともいわなければならないのかな？」

確認を得るように茶山に目をやる。

「どちらでもいいですよ。プライバシーもありますし、伏せておきたい方もおられるでしょうし」

六本松は顎に手を当て、少し考えた末、

「まあ、大半が知っているわけだし、構わないか。……私の場合、胃癌だよ。それと糖尿も」

「まあ、糖尿はそう珍しゅうもない。ここの半分以上が患っとるがな」と次郎丸先生が言葉を添える。

「そうでしたか……。で、胃の方は三分の一を切り取ってね、おかげで食道と直接つながってしまった」

私の頭にクエスチョンマークが浮かんだ。食道と胃はふつう、繋がっているものではないか。顔に表れた疑問を察知してか、茶山が、

「六本松さんがおっしゃりたいのは、胃の再建術のことです」

と付け加えた。

「胃の形は、胃薬のコマーシャルなどでご覧になったことがありますね？　あれが上に引っ張られて、ラグビーボールのような形になっているとイメージしてください。胃切除後の、ひとつの形です」

「おかげで食事をよく嚙むようになってね。半年で三キロ痩せた」

「よく嚙むって、どういう意味です？」

「食べた物が、消化不良のまま腸に送られやすいんだよ。だから早食いするとすぐ腹を壊すし、血糖値が上がってしまう。まあ、ここの料理は旨《うま》いから、じっくり堪能させてもらっているが」

と、六本松は腹を軽く叩いた。胃の三分の一を失ってなお、その体型とは。ところで、

「珍しい苗字ですが、もしや六本松食品とご関係が？」

「曾祖父《そうそふ》が興した会社だ。今は同族経営を」

六本松食品は、県内で知らぬ者はいない食品メーカーである。さすがに生まれたての赤ん坊は知らないだろうが、下はともかく上は認知症の老人だって知っている。その歴史は古く、たしか、

「創業は」

「昭和十六年」

であり、その取扱商品は多岐にわたっていて、有名な宣伝文句が、

「ありましたね？」

「は？」

「宣伝文句です」

「ああ、『発酵なくして成功なし』」

六本松が誇らしげにいう。

発酵食品、とりわけ納豆に重点を置いていて、近年は少子高齢化の状況を鑑《かんが》みて、老人にも食べやすい、軟らかめのひきわり納豆に力を注いでいたはずだ。ともあれ、宣伝文句がメーカーの特異性を端的に示しているのは間違いない。

ただの「セイウチ」だった六本松の印象は、「粘りのあるセイウチ」に昇華していった。態度と言葉端に会社取締役らしさが見え隠れこそすれ、話は通じそうだ。六本松はフォークにロブスターを刺し、口に運んだ。

続いてスカーフの男がペンと手帳をテーブルに置き、代わりにタブレットを手に取った。

しばらく待っても空気は震えなかった。つまり彼は、言葉を発しなかったのである。

私は男を見たが、彼は俯《うつむ》いたまま、手だけを動かしていた。

ほどなく、無機質な声が届いた。

『賀茂《かも》慶太《けいた》。声は出そうと思えば出せる。だがすぐ喉が潰れて疲れる。それによく痰《たん》が出る。だから会話はたいてい、こうやってタブレットでメモを打ってる』

「それで自動音声が読み上げてくれるわけね」

正面の女性の問いに無言で頷いた。

『仕事は記者。病気は喉頭癌だ。タバコが原因、だそうだ。それと糖尿もある』

「失礼。癌と糖尿だけではなさそうですが」

「七隈さん、本当に失礼です」

といって律は首を捻《ひね》り、賀茂の横顔をしっかり見据えた。賀茂が返す。

『どういう意味だ？』

「胸ポケットの膨らみ。小さな白い頭が覗いていますね。それと首に掛けておられる、ネックレス型のピルケース。胸のはニトログリセリンのスプレー、ケースの中身は舌下錠。狭心症患者の典型ですね。違いますか」

賀茂は胸元を覗き、また私を見て、

『お見事。これはお守りだ。もしもの時の。だが余命宣告は癌の方。狭心症は、まだ薬でコントロールできる程度だ』

喋る、ではなくメモを打つ、ためだろうか、短い文節で切るのが癖らしい。またしても茶山が話を拾う。

「賀茂さんは、〈かげろうの会〉立ち上げ当初からのメンバーなんです。パソコンに詳しくて、ウェブサイトの更新なんかは何度も彼にお世話になっているんです」

「賀茂さんは、どうしてこの会に参加を？」

しばらくして、また電子的な声が応える。

『病気を知らされたのが唐突だった。働き盛りだったのに。独身で頼る人もいない。知識もない。一人で生きていけると思ってたが、いずれ、それも遠くない未来に、呆《あっ》気《け》なく死ぬんだな、と悟った。それで恐ろしくなった。人は簡単に死ぬ。例外はない。それで、何でもいい、すがるものがほしかった。たぶん、そんな気持ちだったんだろう。よく思い出せないが』

と、小さく肩を震わせた。なかなか、一筋縄ではいかない過去がありそうだ。

「賀茂さんはご自身のブログでも、この会を紹介してくださっているんですよ。そういえば先日も今回が楽しみだとアップされていましたね。いつもありがとうございます」

『茶山さん。世辞は無用だ。もういいかい。朝から食べてなくてね』

「ええ。では、次に次郎丸先生」

次郎丸先生はテーブルに両手をついて立ち上がり、簡潔に自己紹介を始めた。昼間、私と律に話したとおりである。先生も糖尿の気が強く、内服とインスリンで血糖値をコントロールしているらしい。

「では、薬院さんお願いします」

律は立ち、やや向きを変えて全員に顔が見えるようにし、

「はじめまして、薬院律です。ええと、そちらに居《お》られる七隈先生の下で、助手をやってます」

「齢はおいくつ？」とウィッグの婦人。

「二十八です」

「まあ、お若い。それにイケメンね。どうしてまた、探偵に？」

「ああ、えっと」

律は口をつぐんだ。代わりに助け舟を出す。

「彼はもともと別の仕事をしていたんです」

「七隈さん」たしなめるような小声だ。聞こえないふりをしておこう。

「まぁ、どんなお仕事を」

婦人は律を気にするでもなく、ずんずん土足で踏み込んでくる。面白い。

「その、医者です」

「まあ、そうでしたの。ご専門は」

なおも口の重い助手に代わり、私は口を開いた。

「実は彼、まだ専門を持たない研修医でして。それに今は休職中なんですよ」

「そうでしたの。それは失礼。失礼ついでに、どうしてまた、休職なさったの？　それに探偵さんの助手だなんて。私さっぱり話が摑《つか》めません」

どうやら婦人は失礼とは微塵《みじん》も思っていないようだ。あるいは言葉の意味を履き違えているか。いずれにせよ説明せねばならないので、もう少し踏み込んでおく。

「理由は……、失恋、ということになるでしょうか」

「律君。その言葉は君の感情にふさわしくないよ」

「いえ、合っていますよ。恋人に、先立たれたんですから」

次郎丸先生と目が合った。それから先生は律の横顔を見て、顔を伏した。

「どういうことですの」

「不慮の事故でした」

場に、一瞬の沈黙が降りる。

律の婚約者だった女性は、もうこの世にいない。

その女性、紗耶香《さやか》と律の関係は三年ほど前に遡《さかのぼ》る。

自転車で転んで頭を打った律は、町医者を訪れた。そこで処置に当たったのが、クリニックの次期所長になるはずだった紗耶香だった。

　初めは交わす会話も片手で数えるほどだったが、通うにつれ、言葉と笑顔が互いに増えていった。そして頭の傷がすっかり癒えた後も、律は律儀にクリニックに通った。頭が痛い気がするとか適当な理由をつけていたらしいが、ほとんど不定愁訴、税金の無駄遣いだろう。そんな我らの税と引き換えに彼は紗耶香と親しくなり、交際が始まったそうだ。留年していた律はまだ学生、紗耶香は三十手前だった。

　それから二年が経った梅雨《つゆ》の日、彼女は死んだ。雨の夜、神社の石段から足を踏み外しての転落。頭部打撲だった。

　初期研修最初の年の夏。彼は途方に暮れた。そして研修を打ち切り、しばらくさまよった後、伝手《つて》のある私の事務所を訪ねてきた。去年のことだ。

　ということを私はかいつまんで婦人に話した。

「まあ、それは失礼」

「それで、彼女との未練を断ち切ろうと」

「冗談かい。未練まみれじゃないか」

「そんな」

「律君は、私に憧れて探偵を志したんだったね」

「ちがいますよ。先生一人じゃあ暴走しちゃうから、見守り役がいると思ったんです。

それで、憧れも少し手伝って、探偵事務所に入ったんです」

「ちなみに」

と重く鈍い声を発したのは、次郎丸先生だった。

「その死んだ婚約者というのが、儂の孫だ」

その声で、律の肩が狭まるのを感じた。萎縮してしまったか。慌てたそぶりの茶山が、

「次郎丸先生、よろしいんですか、おっしゃって」

「別にいわんでもいいが。黙っておくのもフェアじゃあるまい。そう。儂のたった一人の跡取り、いや孫はもうこの世におらん。薬院君の悲しみは知れんが、儂はもうこの上なく苦しいよ。未《いま》だに思い出すたびに胸が痛む。なあ薬院君」

「心は同じです。次郎丸先生」

「本当かい？」

私の詮索《せんさく》は律の沈黙により見事に無視された。

にわかに重くなった座の空気を取り払うように、茶山が立ち上がり、

「薬院さん、ありがとうございました。では、私のことは先ほど紹介しましたので省略いたしまして。七隈先生、お願いします」

と私に話を振った。座ったまま全体を見て、

「七隈昴です。今回、次郎丸先生を通してお招きいただきました。大変光栄です。えぇと、大学を出て警察に入ったんですが、辞めてしまいましてね。だから元刑事、今は私立探偵です。といっても探偵歴はやっと五年を超えたくらい。薬院君より数年早いだけの駆け出しです。駆け出したりしませんけどね。ははっ」

私は次郎丸先生に一度目を向け、

「先ほど次郎丸先生が、糖尿は珍しくもない、とおっしゃいましたが。じつは私も例外ではないのです」

「まあ、そうなんですか」と婦人。

「私のは、I型です」

糖尿病は大きくI型とII型に分けられる。生活習慣病としての疾患はII型のほうで、世界中の糖尿の九割以上がこちらだ。インスリン分泌不全とインスリン抵抗性によって引き起こされる。四十代以上の発症が多い。

一方、I型はインスリン欠乏によって起きる。そもそもインスリンの分泌がまったくないか乏しい状態で、生活習慣うんぬんは、ほとんど関係がない。若年者の糖尿の多くはI型で、私も幼少期から長い付き合いを続けてきた。もしかしたら橋本には、糖尿イコール肥満のイメージが先行していたのかもしれない。痩せ型の私が患っていることは、意外だったのだろう。

私は左袖をまくり上げ、細い腕を上げた。上腕の裏側には、白いボタンのようなシールが着いている。

「まあ、それは？」

「持続血糖測定器です」

血糖値を測るには通常まず、ペン型の針を指先か耳たぶに刺す。測定器にセットした検査チップに滲み出た血液を吸着させると、数値が表示される仕組みだ。主に食前に測定することで、インスリンの投与量を決める。

持続血糖測定器の場合、丸いシールの内側に長さ六ミリ程度の針があって、針先は皮膚と血管の間（間質）に達している。血液中から間質に滲み出たブドウ糖の濃度を測定し、表示する仕組みだ。一度貼れば二週間連続で測定可能で、専用の端末で容易に表示ができる。端末は個人登録も不要で使い勝手がよく、実測値とほとんど乖離もない。なにより、連続して測定できるメリットが大きかった。厳密には血糖値でなく「グルコース値」が測定されるが、日内変動を「点」でなく「線」で追えることから、糖尿病や、未病の人にもにわかに人気を集めている。

「珍しいものじゃありません。まして、こういう集まりの場では。私のは広く使われているタイプでして、同じものを使っておられる方も、いらっしゃるのでは？

あとは、そうですね……」

「七隈先生、お疲れでしょうし、自己紹介がまだの方もおられます。先生の話は、後で存分にお聴きしましょう」

「ああ、失礼」

茶山に促され、一旦、言葉を切った。

というわけで次は婦人だ。立ち上がり、

「七隈先生、素敵な挨拶をありがとうございました。私、橋本ひな子《こ》といいます。仕事は、専業主婦ですわ。私の場合は、乳癌なんです、ふふ。笑ってる場合じゃないとお思いになるかもしれませんが、笑わないと損ですよ、何事も。笑って解決する問題じゃないのはわかっていますけれども。笑わなくても解決しませんからね。でしたら、笑っておいたほうがいいでしょう。ねえ」

明るくいって、また笑みを飛ばした。

「いやまったく、橋本さんの笑顔には毎度癒やされます」

「そうですよ茶山さん。それに笑うと免疫力がアップするんでしたよね」

「ええ。笑う門には福来《きた》るというのは、医学的な見地に基づいていますとも」

「橋本さんは、どうしてこの会に？」

「癌とわかってからは、ネットやＳＮＳを漁《あさ》っては、いくつか似たようなサークルに顔を出してみたんです。それで最後に辿《たど》り着いたのが、ここなんです。他のところは、居心地はよかったけど、それだけね。いえ、居心地のよさそれ自体は、こういう会はとても大事なことでしょうけれど、ここがちがうのは、やっぱり茶山さんね。茶山さんのお話は専門的でわかりにくいところもありますけれど、その分、経験と理論に裏打ちされていて、すっと腹に落ちるものがありますもの」

そこで橋本はグラスの水をひと口飲んだ。

「今回も茶山さん、それに次郎丸先生も来られると聞いて、安心して来たんです」

「安心?」

「そうよ。もしものときは」

なるほど。茶山もいっていたが、ここに招かれた者は外泊ができるほどには状態が安定しているとはいえ、終末期患者であることに変わりない。いつ不慮の事態に陥ろうと不思議ではないのだ。可能性は高くもなく、低くもないだろう。そうなったとき、医者が二人もいれば安心、というものだろうか。律も医者ではあるが、彼は頼りにならない。

「最期の時間は家族とともに過ごしたい」とは多数が抱く人情だと思っていたが、必ずしもそうとは限らないのだろう。少なくとも今回集まったメンバーはそう思っていない。別の思いもある。だからこそ、ここにいる。

橋本が座り、「では」と茶山が顔を乗り出す。若い女が静かに立ち上がり、

「南《みなみ》……春奈《はるな》です。お願いします」

とだけ述べて腰を下ろした。

『おいおい、それだけか』

と賀茂の電子音声。見ると律はもどかしそうに首を捻っている。茶山が、

「南さん、なんでもいいです、話すことはありませんか。無理にとはいいませんが」

「別に……、私もうすぐ死ぬんです」

それは誰しも同じである。

「どうしてここに来たとか」

南は口をつぐんでいたが、数秒して、

「桜子さんから聞いたんです。この集まりのこと。桜子さんにはお世話になったし、あの人の料理は好きだから。家か病院に居るくらいなら、三日だけならいいかなって」

茶山が付け加える。

「ええと、南さんは、たまたま私の孫と、大学のサークルが同じだったそうでして。孫を通して私に紹介があったんです。それで今回も、孫を通してお声がけをしたら、参加してくださいました。ありがとう」

南は「どういたしまして」と呟いて、ロブスターにフォークを刺した。

ふだんから食事を摂るスピードが遅い私ではあるが、自己紹介の間は会話ができる程度に、いちだん、食べる速度を落としていた。

ゆっくり食べたかったのだが茶山が、

「それでは、七隈先生にお話をちょうだいしましょう」

といったので仕方あるまい。それが私の存在理由のひとつなのだから。

「まず、先生はどうして探偵に？」

「好奇心です。興味といってもいい。昔から探偵という生き方への興味はあったんです。月並みな理由ですが、人生一度きりですからね、やりたいことをやっておかないと死ぬとき後悔するだろうと」

「ほほ。素敵な生き方ですね。探偵としては、どういったご活躍を？」

「これまでに解決した事件は、『如月《きさらぎ》家愛猫失踪事件』、『弥生《やよい》家愛犬失踪事件』、それに『卯月《うづき》家愛カメレオン失踪事件』に、『皐月《さつき》家愛ミーアキャット失踪事件』などですね。件数こそ多くはありませんが、時間をかけた丁寧な仕事が私の流儀です。お時間をいただく分、料金設定はお手頃ですよ」

なぜか皆が混乱し、律の挨拶以上に空気が重苦しくなった気がした。気のせいだろう。

「つまり先生は、そういったご専門で？」

「皆さん、ペット捜しのコツをお聞きになりたいんでしょう？」

「ええ、まあ……」

横目で茶山を見ると、その茶山はなぜか救いを求めるような目を次郎丸先生に向けていた。次郎丸先生は当惑した様子で、

「儂はその、難事件をいくつも解決してきたと聞いていたもんだから」

私は理解した。どうやらミステリ好きの彼らとしては、推理小説に出てくるような殺人事件、それも不可解な謎の提示されたケースに興味があったらしい。今の私の解答は不正解。期待を裏切った形だったのだ。

「これは失礼。いえ、開業当初は、素行調査、浮気調査なんかもやっていたんですが、どうにも難しくなりましてね、やめたんです。今はもっぱらのんびりとペット捜しを承っております」

「さいですか」

「くれぐれも、物語に出てくる探偵と同列に扱わないように。探偵として関わった殺人事件なんて、……ああ、一件あったか。あるいはご所望とあらば、捜査一課時代の話をしましょうか。それに、ミーアキャットの時は、ひどく複雑な謎が絡んでいたものですよ。その話でもいい」

「まあ、刑事さん、いえ元刑事さんなんて、もっとお堅い人かと思っていましたけれど。七隈先生はずいぶんと剽軽《ひょうきん》なのね」

「橋本さん。ご承知の通り警察なんて、ごまんと居ますからね。当然、一人ひとりの個性は異なってくるわけです。堅いも軟らかいも、それぞれの性質です。趣味でダンスをやってる人も、役者志望も、逆に役者上がりなんかもいる。じつにさまざまです。警察という職業でまとめられるものではないのですよ」

「まあ、そうですね。失礼。ほほ」

「あの」と律が話に割り込み、

「先生はペット捜しもお得意ですが、以前次郎丸先生にお話しされたのは、多少誇張が過ぎていたのと、たぶん、僕の手柄を横取……混同されていた恐れが……」

「ああ、そうだ皆さん。ご安心を。陰惨な事件の話を望むなら、ここにうってつけの人物がいますよ。ご紹介しましょう。わが事務所きっての優秀な部下にして私の片腕、否、片脚……というより足（運転手）、薬院律君です。さあ律君、皆さんに自己紹介を」

「さっきやりましたよ」

「……そう、さっきやったんだったね。こと重大事件に関しては、彼の方が得意でしてね、興味がおありなら、彼の話を聴くのもまた一興かと」

「元刑事の七隈先生より、元研修医の助手さんの方が、お得意なの？」

「そうともいえます。向き不向きは誰にだってありますからね。私は椅子に座っているタイプの探偵でして、頭を使うのが得意なんです。足を使うのは、どちらかというと彼の領分です」

「それはそうでしょうけれど……。ペット捜しがお得意なのにですか？」

「安楽椅子ペット捜しこそ、私の守備範囲です」

面積でいうと、半畳ほどの矮小《わいしょう》なスペースでしかないのだが、需要はそこそこ（半年に一回ほどは）ある。それに事件の難易度は関係ない。重要なのは解決率だ。私のそれは百パーセントを誇る。

「それと、何をいうつもりだったかな、まあいい、長くなりました。後で話すとしましょう」

彼らの興味と一致することを願いつつ、

「猫か犬かカメレオンかミーアキャット、どれにしましょう」

茶山が多数決を採り、僅差《きんさ》でカメレオンに決まった（猫1、犬1、カメレオン2、ミーアキャット1、無効票2だった）。無効票というのは、

「おいおい、動物捜しの話かね」という六本松と、

『刑事時代のを。それか助手さんの話でもいいが』という賀茂の意見だった。

結局、

「では、まず七隈先生のカメレオン事件のお話を拝聴して、その後に薬院さんのお話をお聴きしたいと思いますが、いかがでしょう」

と提案されると、誰もが皆、提案した茶山自身も、それがいいといわんばかりに深く頷いて、またたく間に票を獲得したのだった。律は一瞬の困惑ののち、「わかりました」といやに気の抜けた表情になった。南の様子はよく見えなかったが、黙って俯いているだけのようだった。全員がミステリ好きとは限らないし、興味がないのかもしれない。ミーアキャットには手を挙げてくれていたが。

とりあえずひとつ、わかったことがある。それは。

真打ちと前座が逆転してしまった。

6

スプーンには、クリーム色と茶色の甘やかな断層。

ティラミスというシャレていて手間のかかりそうな甘味さえ手作りというから、桜子の料理の腕はなるほど相当に高いレベルにあるのだろう。しっとりと口当たりはやさしく、ほどよい苦味が後を引いた。カロリーが高いそうで、一人前は小さめのカット半分ほど食べ、私はカメレオン失踪事件の波瀾《はらん》に富んだ顚末《てんまつ》を話した。

人捜しもペット捜しも基本は同じで、歩き回ることにある。ただし私の場合やり方が異なる。基本的なことは助手に任せ、ひたすら頭を働かせる。いなくなった場所、季節、時間帯、周囲の建造物やペットの嗜好《しこう》、行動範囲といった環境要因を徹底的に分析し、的確な助言を助手に与えるのだ。

人捜しとペット捜しの相違は、呼びかけても相手が応じないことにある。生きた人間は返事をくれることもあるが、ペットにそれは期待できない。捜索するには不利だが、カメレオンの場合、よっぽどの人より目立つというメリットもある。

「卯月家愛カメレオン失踪事件」の場合、卯月家という名のある旧家に端を発した事件は、一か月まるまる費やした捜索の末、邸《やしき》の裏の林で捕獲、飼い主と感動の再会を果たすという、喜劇的結末を迎えた。依頼から三週間が過ぎたころには依頼主も半ば諦めかけていただけに、その結末は劇的といえた。そう、シェイクスピアやランボーに習うまでもなく、人生とは常に壮大な劇のようなものだと、私は学んだのだった。

その報酬で私たちは、その月の事務所の家賃を滞納せずに済んだのだった。

「いやあ、すばらしい」とは六本松の感想。好評で何より。

「じゃあ続けて犬か猫の話もしましょうか」

「いえいえ。それには及びません。先生もお疲れでしょうし」

あっさりと断られる。「すばらしい」も世辞か本音かわからない。

律が立ち上がり、「それじゃあ、僕から」と、以前彼も携わった事件の話を始めた。

いかに私が刑事だったからといって、現在進行形の事件の内部情報が事務所にもたらされることなど、まずない。警察という機関の機密保持を考えれば当然だ。彼が関わったというのは、「水無月《みなづき》家愛娘失踪事件」のことだ。

水無月家という旧家の、二十歳の娘が失踪し、警察に捜索願が出された。ほぼ時を同じくしてわが事務所にも依頼が舞い込み、そのときは高額な報酬という魅力もあって、私たちは別行動を取っていた。三日後、律は警察を出し抜いてターゲットである水無月嬢を発見。ただし、すでにこと切れていた。彼女はとある町の小高い山の中腹で、茂みに隠れるように伏していた。発見者である律はすぐに警察に通報し依頼主と私に連絡。急いで（タクシーを急《せ》かして）駆けつけた私には、死体に目立った外傷はないように見えたが、彼は肘にできた小さな刺し傷を見逃さなかった。そして警察の事情聴取のさい、「もしかしたら」という前置きの上で、ある助言を与えたのだった。

状況からして、殺害され遺棄されたことは明らかだ。それで外傷がないとなると、まっさきに毒殺が疑われたが、

「もしかしたら、ですが。左肘に、注射の痕のような傷がありました。Ａｉは撮られ

ましたか？」

当時、東京二十三区や神奈川、大阪などとちがって、当県ではＡｉ（死亡時画像診断）は普及しつつあったとはいえ、メジャーな手法ではなかった。このときも、外傷のない死体というケースで司法解剖に回されるはずだったのだが、律は、ある仮説を披露した。それは興味深く、ありえそうな可能性だったため、私は後押しした。

私たちの働きかけがどれほど寄与したか定かではないが、ともかく死体のＣＴが撮られることとなり、結果、死因が判明した。

空気塞栓《そくせん》だった。通常、頭蓋内に存在するはずのない空気が、死体にはたっぷりと含まれていたのだ。それは脳の血管容積のおよそ四分の一、三七〇ミリリットルを占めていた。

「結局、犯人は眠らせた被害者に注射針を刺して、空気を送り続けていたんです。少量ならまだしも、これだけの空気ではどうしようもありません。死因が判明し、特殊な殺害方法だったので、犯人が絞り込めて、逮捕に繋がりました。遺族にしてみれば、失った被害者は戻ってきませんが……」

最後のセリフは、自身の心情の吐露だろうか。

「いやあ、すばらしい」とは六本松の感想。私のときよりずっと声に感情が乗っている気がしたが、気のせいだろう。

食後のコーヒーを堪能していると賀茂が、

『水をくれないか』

と例の電子音声でいった。橋本が「あら、私も」と続いたので茶山が、

「皆さまの分をお出ししますよ」

と返す。ティラミスの皿を下げていた桜子に目配せをすると、彼女は一度厨房に下がり、人数分のコップとステンレスポットを運んできた。テーブルの脇から各人の前にコップを置き、水を注《つ》いで回る。

『こんな森の奥だし、部屋の洗面所でも同じ水なんだろうが。今飲んだほうが楽だ』

といって賀茂はポケットからピルケースを取り出した。薬の時間である。「私も」と六本松や茶山が続く。皆、食堂に薬を持参していたらしい。準備がいい。

「皆さんは、どういったお薬を飲まれているんです？」

これは、律から発せられた質問だった。代表して次郎丸先生が答える。

「癌の人は抗がん剤を数種類。それに糖尿の人も多いから、血糖の薬だろう。六本松さんはいかがですかな」

「肺も胃も、そう変わらん。免疫抑制剤に胃の保護薬と制吐薬。それと下剤か」

「感染症も便秘も大敵ですからな」

橋本が話を継ぐ。

「私は、最初の入院中に手術と併せて点滴の治療をやりました。四クールでした。飲み薬も並行して始まったので、あのころが一番つらかったですね。セカンドオピニオンも受けましたし、多剤併用療法も試してみようかと思いました。効き目のありそうなものは、それこそ藁《わら》にも縋《すが》る思いで。結局、今は飲み薬の三剤だけで落ち着いています。……落ち着いている、といっていいのかわかりませんけれど」

「多剤併用療法、というのは？」

私の問いに茶山が、

「いくつかの薬を組み合わせて、相互作用を高める治療法です。癌や精神科の領域では、割と有名な戦略ですね」

それから、フォローするように続けた。

「つらい時期は人それぞれですが、診断を受けて最初のショックというのは、誰しも経験することです。そのへんは明日、お話ししましょう」

フォークを置き、橋本が次郎丸先生の方を向いて、

「血糖の薬って、食前に飲むものではないんですの」

「一概にそうともいえませんな。食前のものも食後のものもあります。デンプンの分解を遅らせるものは食前とか、インスリンの分泌を促すものは食後とか、前でも後で

もどっちでもよいとかですな。ついでに儂もインスリンを併用しとりますが、これも効き目の速さや持続時間で、配合溶解、混合型、持効型溶解、中間型、速効型、超速効型と分けられます」

「速効型の上に超速効型があるんですか」

「最近の新薬など、超速効型より効き目が速いですからな、俗に超超速効型と呼ばれるものもありますよ」

「どういった使い分けを?」

「基本は食事療法であり、運動であり、飲み薬です。それでもうまくいかない場合に、インスリンを導入します。七隈先生のようなI型は例外ですがな。注射の中でも基礎分泌を促すものが第一だし、基本でしょう。それから、必要に応じて食前の速効型や超速効型を併用していきます。速効型で三十分くらい、超速効型はもっと早く効きますから、生理的なインスリン分泌パターンに近いです。ただ、今日みたいに前菜やスープなんかが出るコース料理では、時間調整がシビアという難点もあります」

食前のインスリンは通常、食事開始時間に合わせて打つが、今日みたいな日はタイミングが難しい。食前血糖値に次いで、どの料理がどの時間に提供されるのかを事前に知っておくことは、注射のタイミングと投与量を決める重要な要素となる。

律が話をつぐ。

「健康番組なんかでも、食事は主食よりサラダみたいな食物繊維の多いものから摂るといいっていいますよね」

「まあ、さすがに詳しいですね」

「食生活、いや、私生活の乱れまくった先生のお世話も、僕の役目ですから」

「ふん、その点感謝してるよ」

一服し、人心地ついたところで茶山が立ち上がり、

「そろそろいい時間ですね。いったん散会としましょうか。明日の朝食は八時で、パンとハムエッグにドリンクの予定です。コースではないので、ご安心を。それと、遊戯室と図書室は開放しています。希望の方がいれば、簡単に館内をご案内しますよ」

というので、私と律は頷いた。ただ、膀胱《ぼうこう》に催してきたものもあったので、

「お手洗いも済ませたいので、どうです、二十分後に再集合では」

「ええ。では、二十分後にホールにお越しください」

7

ウエストポーチには菓子の他、数種類の薬を常備している。インスリンをはじめ睡眠導入薬に頭痛薬など頭の薬を複数。慢性頭痛は探偵稼業にとっては、よろしくない。

まだ眠るつもりはないので睡眠薬は必要ないし、血糖の薬も今はいい。その他いくつかの薬を分けて飲んだ。頭痛の錠剤はサイズの大きいものが多い。いっぺんに嚥下《えんげ》するより分けたほうが飲みやすかった。

身支度をして部屋を出て、律を従えてホールに入った。ホールにはすでに茶山と、それに六本松、次郎丸先生、橋本、南の姿があった。

「賀茂さんは？」

「お先に遊戯室に行かれました」

「千崎さんは？」

「あの子は、洗い物と明日の下準備を済ませたら、その後は自由時間です。後で合流することになるでしょう」

パンとハムエッグとドリンクのどの辺りに下準備の必要性があるのか私には掴めなかったが、おそらく小麦粉と酵母を混ぜるとか、そういったところだろう。

案内はまず、ホールから始まった。

「そもそもこの館は、私の父がペンションとして建てたものでして。この辺は不便ですが、隠れ家的な人気があるようです」

「外に何か書いてありましたよね。そう、夜鳴荘でしたか」

「竣工《しゅんこう》は、風に秋を感じる神無月《かんなづき》だったと聞きます。父が初めて泊まった日、館が夕闇に沈むと一帯に虫や鳥の音心地《ねごこち》よく、まるで祝福しているようだったといいます。父はその音色に感銘を受け、その名を刻んだと聞いております」

「そうでしたか」

印象的な話だが、あいにく今は七月。鳥はいるかもしれないが、虫の音を望むべくもない。それに今回の集いは先の短い者ばかり。これでは夜鳴荘ならぬ余命荘である。

それから私は天井を見て呟いた。

「見事なシャンデリアですね。チェコ製ですか」

「群馬のチェーン店のものです。配送料無料で助かりました」

なんでも、本物のシャンデリアは修理に出しているのだそうだ。昼間見た瀟洒なイメージは何だったのか。自分の目の節穴ぶりを呪いたくなる。

それから目は、自然と壁の絵に引きつけられた。食堂と反対側の壁にある、大きなキャンバスに。

壁の天井付近から、百号キャンバスが掛けられている。描かれているのは二人の女。否、人であるかどうかは判《わか》らない。人の顔をしているようだが、抽象的に描かれた天使と悪魔のようにも見えた。絵の上半分、黄色い背景には白いベールを纏った女が微笑《ほほえ》み、手を差し伸べている。その手は下半分、青い背景に溶け込む暗い女の手に伸びている。互いが求め合っているようにも、繋いだ手を引き裂かれたようにも見えた。

背景のコントラストははっきりとしている。色の混じるのを嫌うかのように黄色と青の境目は明確だった。

「この絵は？」

「私の絵です」

囁《ささや》いたのは南だった。律が驚嘆の声を漏らす。

「タイトルは『生者と死者』。ありきたりですけど、上のほうに描いた、明るい感じの人物が生者。反対に暗いイメージが死者です。といってもまだ死んでいなくて、死にかけの人間ですけど。見ようによっては、天使と死神のようにも見えるかもしれません」

死神には見えなかった。まあ、死神を生で見たこともないが。

「もしかして、だが」

私は一度呼吸を切って、

「生者が千崎さん。死者が南さん。ということかな」

南は驚くでもなく静かに頷いて、

「モチーフは、そうです。死にゆく私と生き続ける桜子さん。そういう対比のイメージであの絵を描きました。絵の中の桜子さんの髪型は、今と違ってボブですけど」

「大切な人なんだね」

「ええ、とても」

それだけ返すと、南は踵を返した。

「どちらへ？」

「やっぱり疲れたから、部屋に戻ります」

無理に止める者もなく、参加者二人を欠いての案内となった。

ホールを出て右に折れる。食堂側だ。正面は壁で、すぐ左に折れる細い廊下がある。

「左手は図書室と客室で、女性は主にこちらですね。図書室に参りましょう」

というわけですぐ目の前の部屋に案内された。

客室と同じ広さだというが、風呂とトイレがない分、広く感じられた。正面の壁に小窓が付いていて、中央には小さなデスクと椅子が二つだけ。そして左右の背の高い本棚は蔵書が埋め尽している。

ざっと見渡してみると右手には『精神《せい》病理学原論』、『人格の成熟』といった小難しい専門書がずらり。左手には『うる星やつら』から『ＭＡＯ』に至るまで四十年以上にわたる高橋留美子《たかはしるみこ》先生の著書がずらり。短編集もカラー画集も揃《そろ》えるという本格っぷりである。

「こ、これは」

棚の一角は、古い『週刊少年サンデー』が占めていた。もしやと思って注視すると、あった。一九七八年の二十八号である。のちの『うる星やつら』の連載に繋がる読み切りが掲載された、幻の稀覯書《きこうしょ》だ。保存状態もよい。私も昔読んだことはあったが、

「茶山さん。ここは図書室ということは、この本は……」

「ここで読んでも、お部屋に持ち出しても構いませんよ」

是非とも借りることにしよう。

図書室を出て、再びホールへ。食堂と対を成す位置には、遊戯室と倉庫があるらしい。こちらも廊下とは交通していないので、入るには一度ホールを経由していく必要があるのだそうだ。

遊戯室は食堂と同じか、ひと回り広いだろう。中央付近に背の低い麻雀《マージャン》卓。正面奥にはトランプゲームでもできそうな小テーブルがある。左手には壁に沿ってソファが、ソファに向かい合うように椅子が並び、右の壁近くにはビリヤード台。そこに賀茂の姿があった。プレイのためだろうか、半袖のポロシャツに着替えている。エビのように腰を曲げ、顔を台に近づけた体勢でキューを構えていた。力がこもっているのか、その指先は血色よく染まっている。

コン、と球を突く。行方《ゆくえ》も知れぬ球が、カラカラと音をたててどこかの穴に落ちた。音が止《や》んだところで彼は向き直り、小さく会釈をした。

「ああ、皆さん」

地声だ。ひどくしわがれた声だった。電子端末を取り出し、

『探検はお済みですか』

「ことあと、倉庫が残っていたのですが。倉庫なんてお見せしても面白くありませんね」

律は首を振る。

「拝見してもよろしいですか。念のため」

「まあ、構いませんが」

といって茶山がドアを開ける。鍵は掛けられていないようだ。壁沿いの電源を点けると、真っ暗な空間がほのかに明るく照らされる。

レンチやドライバーといった工具に、芝刈り機、剪定《せんてい》バサミ、枝切りバサミ、高枝切りバサミなど。雑多な空間の半分ほどを園芸用品が占めていて、足の踏み場もない（もっとも、踏み込むこともないが）。

たとえば推理小説ならば、と考えてしまう。高枝切りバサミを使ってなんらかの細工を施せないだろうか、と。二メートルは超える立派なハサミだ。ただ、今は他にも検討すべきこともあるし、今回の二泊三日では活躍の機会はなさそうだ。

倉庫を出て遊戯室に戻る。ここで解散、あるいは歓談してもよい、とのことだった。

時刻は二十二時。部屋に戻っても手持ち無沙汰だし、私と律は残ることにした。橋本も一人は嫌だといい、六本松が「誰かポーカーでもどうかね」といえば次郎丸先生が「ではでは儂が」。茶山が「では桜子に頼んで、カフェインレスの紅茶でもお持ちしましょう」ということで、結局、誰も部屋に戻る者はいなかった。一人くらい「疲れた。寝る」という者はいないのか。ほんとうに皆、余命宣告を受けているのだろうか。今この瞬間だけを切り取れば、とてもそうは思えないほど誰もが元気に見える。

律は端のソファに腰を下ろした。私は膝の上の漫画雑誌をパラパラめくる。紅茶を待つつれづれに、私と律は一日の疲労を溶かすような雑談をした。

「君は南さんと千崎さんと、どっちが好みだ」

「なっ」律は咳払いをした。飲み物がなくて良かった、と私は思った。

「そんな、どっちか選べだなんて。へへ。清楚《せいそ》で可憐《かれん》な南さんか明るくて活発な感じの千崎さんか。……って、なにいってるんです。期待するなっていったのは、七隈先生でしょ。で、そういう先生は？　どうお考えですか」

「あの千崎さんは、紗耶香に似ている」

「えっ」

どきりとしたのか、一瞬、律は呼吸を忘れたかのようだった。

「紗耶香に瓜《うり》二つだよ、あれは」

「そうでしょうか」

「髪型さえ変えれば本人と見間違うほどだ。絵を見ても明らかだろう」

「いわれてみれば……、そうかもしれませんね」

「それにしても遅いな」

そこへ茶山が戻ってきた。背後には、桜子。

「お邪魔しまーす」

といって桜子はステンレスポットとミルクポット、それに人数分のカップを麻雀卓に置いた。ポーカーの二人と賀茂は適当に取るというので、紅茶を注いだカップをそれぞれ取りやすい場所に置いておくことにする。

人数が多いしそれぞれ味の好みが異なるので、給仕を手伝うことにした。当然、律にも手伝わせる。桜子が紅茶を注ぎ、その隣でミルクを入れる。橋本の分は手渡しして自分の分を手に取った。

律の隣に桜子が座る。律の鼻の下が伸びる。さらに橋本、茶山と並んで、彼らと向き合うように私が位置を確保した。

幅の広いアームレストにカップを置くと、茶山が切り出した。

「七隈先生、薬院さん。貴重なお話をありがとうございました。どうですか、楽しんでいただいていますか」

「もちろん。おいしい空気、瀟洒な建物に群馬のシャンデリア。それになにより千崎さんの美味《おい》しい料理の数々。差し支えなければ、明日はミーアキャットの捜し方をご講義さしあげます」

「それは間に合っておりますよ」

差し支えありそうな渋面を作る。

「何の話？」

「そういえば千崎さんはいなかったね。たしかミーアキャットに一票を投じたのは、南さんだった。なんでも、あの子は君にお世話になったそうだね。それにホールの絵。よかったら、話を聴かせてもらえないかな。彼が知りたがっている」

「春奈ちゃんのことですか」

舵《かじ》の切り方が強引に過ぎただろうか。だが、舵輪《だりん》の折れる心配は無用だったようで、

「春奈ちゃんとは、大学のサークルで知り合いました。私が部長してるときに、あの子が入ってきたんです。油絵サークルで、あ、ちなみに美大です。専攻も油絵で、まあ、私は才能なくて普通に就職しちゃいましたけど、とりあえずあのころは絵の具まみれでしたね。懐かしいなー」

「あら千崎さん。あなた料理の才能あるわよ」

「そうかな。そうですよね、へへ。で、春奈ちゃんはあのとおり綺麗だし、なんか神

秘的だし、なにより絵の才能があったから、入部早々、注目の的だったんです」

「神秘的というのは？」

「一週間とか短期間ですごい大作を描き上げるんですけど、そもそも顔を出すことが珍しくて。サークルだけじゃなくて授業も。で、気になって連絡取ってる内に、いろいろと喋るようになってくれて」

「お世話になった、といっていましたが」

桜子は思い起こすように首を傾《かし》げ、

「私はただ絵を褒めて、一緒にご飯食べたり話したり悩み聞いたり、それだけなんだけど」

思いを馳《は》せてみる。おそらくは幼いころから病と付き合ってきただろう南にとって、その「それだけ」にどれほどの価値があったことだろう。桜子には思いが及ばないのかもしれない。もちろん、我々にも。

わずかな間を置いて律が、

「彼女も癌なんですか？」

「いいえ、あの子は」

すかさず茶山が会話を割る。

「それは君の口からいっていいことかな？　薬院さんも、よろしいですね」

正論だ。律は「すみません」と小さくなった。

「まあそう、しょげることはないさ律君。君のミスはいつものことなんだから。ああそうだ、私ばかり話をしても退屈だろうから、君も話を聴かせたらどうだい。探偵業でも以前の勤めのことでも、なんでも」

「まあ、先ほどの薬院さんのお話も面白かったわ。他の事件のこともぜひ、聴かせていただきたいわ」

「そうですか」

と律はカップを手に、紅茶は喉越しとでもいわんばかりに、ぐいと飲み干した。熱いものの一気飲み。探偵業には役に立たない、彼の特技であり癖である。

「では……、って七隈先生」

私はページを開いた手を止めた。

「先生は聞く耳持たずですか」

「うん。どうせ退屈だろうし、漫画を読んでおくよ。紗耶香の件なら喜んで聞くけどね……どうぞ」

憮然とした顔をちらつかせ、それから律は面白みのない話を語りだした。

膝の上で指を弄びながら私は、六本松と次郎丸先生の静かな駆け引きを見つめ、それから首を曲げて賀茂のプレイをじっと見ていた。見続けていると、気を悪くしたのか賀茂がこちらをチラチラ気にしだしたので私は、あかんべーを返してやった。彼は表情を変えずこちらを見ていた。

にらめっこを続けたところで何も生まれない。私は向き直り、

「お孫さんは可愛《かわい》いでしょう」

茶山に向けていった。「お孫さん、可愛いですね」と言い換えても意味は同じだった。その孫は孫で話が合っているらしく、口を挟むのがためらわれた。橋本、茶山、私で話の輪を作ると、当たり前だが平均年齢が上がってしまった。

「ええ。手前味噌《てまえみそ》ながら、よくできた孫だと思います」

「橋本さんは、お子さんは？」

「高二の娘が一人います……」

言葉尻がしぼむ。余命一年以内。仮に宣告が外れても、娘の成人式の晴れ着姿を見られるか否かといったところか。長生きは望めないだろう。なるほどふだんの何気ない質問も、ここでは繊細に発しないと、地雷となり得る。そんな繊細な配慮は私は苦手だ。むしろ女性相手なら律のほうが得意だ。私はチラと助手を見た。にやけた横顔をこちらに向けている。

「七隈先生は、お子さんは？」

橋本が問う。意趣返しというわけでもなさそうで、茶山、自分と続いたから私にも話を振ろうという、自然な流れを感じさせた。私は別に答えに窮することもないので、

「いませんよ」

と返した。

その後も入れ替わりトイレに立ったり戻ったり、紅茶をお代わりしたりしなかったり、で時計の針が二十三時を回ろうかというころ、六本松が、

「そろそろ失礼」

というと次郎丸先生も「儂もそろそろ」とやおら腰を上げた。

賀茂も突きっぱなしで疲れたのか、「ごちそうさま」と桜子を一瞥して鈍い足取りで遊戯室を出ていった。こうなればもう流れで、私たちも解散ということになった。

部屋が反対側の橋本と桜子と別れ、茶山に礼を述べ、律の一日の働きをねぎらい、私は自室に籠った。

# 二日目

## 1

窓から朝陽《あさひ》が懸命に枕元を照らそうとするが、西向きともなれば、その力は頼りなく弱い。安眠を妨げるほどではない。安らかなる眠りを妨げるものがあるとすればそれは、光ではなく音だった。

ノックの音がする。三回のノックに続いて「七隈さん」の声ひとつ。まるで昨夕の再現である。異なるのは時間。七時五十分だ。

乱暴な音が激しく頭に響く。私は手で頭を押さえた。

「起きてください。大変なんです」

「大変？　何が」

「見れば判ります。それと朝食は八時からです。七隈さん、いつも準備に時間かかるじゃないですか。遅れますよ」

そういえば、八時からといっていた。深酒はしなかったが、深紅茶がまずかったか。

「たしかに間に合わない。すまないが、先に行って茶山さんに遅れると伝えてくれ。

それと朝からそんな音を出すのはやめてくれ」

「わかりました。先に行きますからすぐに来てください」

扉越しの助手が去った後、トイレと着替えを済ませ、指先で血糖値を、左腕でグルコース値を測る。前者はチクリとした痛みを伴い、後者はピロリンと間抜けな効果音を伴う。

数値に乖離はなかった。一五〇と一五八。食前の薬は、今日は無しでいいだろう。

廊下に出て食堂の方へ向かう。ホールに入ると、わが助手が立っていた。茶山もいる。

「七隈先生おはようございます。ところで今何時だとお思いです？」

「思うもなにも、時計を見れば一目瞭然。やあ、八時七分ですね」

「困りますね、食事の時間は守っていただかないと」

「すみません。ただ、遅れる旨は律君を通して伝えておいたはずです」

「まあいいでしょう。それよりこれをご覧ください」

といわれ見上げた先は、例の絵画だ。だが昨日とは大きく様相が異なっていた。

絵はめちゃくちゃに裂かれていた。刃物をあてがい、幾筋にも切れ目が入れてある。

描かれた二人の腕も首も顔も、鋭利に刻まれている。知らない人が見れば、元は何の絵か知りようもないほどだ。

「これは大変だ」

「でしょう。先生、何かご存じでないでしょうか」

「あいにく。ぐっすり寝ていましたからね」

律が口を挟む。

「まさか探偵である僕たちを試すドッキリじゃないでしょうね」

「まさか。そんなことしません」

「茶山さん。犯人捜しは追ってやるとして、ひとまず食事にしましょう。あまり遅れるのも好ましくないでしょう」

茶山は一瞬、考えるふうだったが、

「おっしゃるとおりです。食事の準備はできています」

茶山を先頭に、食堂へと場を移す。

中に入ると空間をほのかに満たすパンの香りが鼻腔《びこう》に触れた。見ると、私と茶山の席が昨夜と入れ替わっていた。昨日は自分がホストとして進行がしやすいよう、また、私の話が全体に届きやすいように、という配慮だったらしい。

テーブルにはすでに、ハムエッグとサラダが並べられている。とすれば銀の蓋の下がパンだな、と思って手をつけようとしたところで、違和感に気づいた。まだ誰も手をつけていなかったのだ。

私は理解した。

「これは失礼。『いただきます』がまだでしたね。では皆さん、手を合わせてください。いただきま……」

「先生、ちがいます」

律がたしなめる。

「そんな、学校給食みたいな真似しなくても」

「七隈先生、じつは」

そこで私はもうひとつ、昨夜とは異なる点を認めた。

「賀茂さんの姿がありませんね」

「さよう。起きてきとらんのです」

「賀茂さんも準備に時間がかかるタイプでしょうか」

「さあ。七隈先生ほどではないにせよ、血糖測定と内服と注射くらいはあるはずですよ」

「それでも、五分で済みますよね」

「賀茂さん、昨日は疲れていたみたいでしたよ」と橋本。

「後で様子を見に行きますか」と茶山。

後で、というのは、これ以上食事の時間を遅らせられないという意味だろう。意図をくみ取ったのか、口を開いたのは、最奥の女だった。

「見てきましょうか」

「南さん。いやしかし……」

「私、糖尿じゃないですし。皆さん、それにあの人も、きちんと食べないと死んじゃうんでしょう」

「ありがたいですが女性一人ですし。それにゲストにゲストを起こしに行かせるのは。うーむ」

「茶山さん、僕が一緒に行きますよ。僕も糖尿じゃないです」

と律が挙手した。魂胆が丸見えである。

「律君。君もゲストだよ。その点、茶山さんは気にしておられる。それに、ゲスと一緒に歩くのでは南さんも愉快じゃないだろうさ」

「誰がゲスですかっ。ゲストですよ」

「ああそうだ。桜子がいた。桜子」

呼ばれて厨房から桜子が姿を現す。朝からきっちりコック服を身に纏っている。

茶山が事情を説明し、南と桜子の二人で起こしに行くことになった。南も、桜子となら安心といったふうだった。安寧ならざるのがわが助手で、滲んだ悔しさが顎を力ませ、醜い歯茎を露出させていた。

ともあれ、予定より十五分遅れで定員を欠いたまま、朝食は始まった。

そして朝食は中断された。二つの若い声によって。

やや焦げたクロワッサンをちぎろうとしたところで声が聞こえたものだから、手が止まってしまった。

血相を変えた二人が戻ってきた。茶山が、

「どうしたんだ？　お客さまはまだ、お食事の最中なんだよ」

……まだひと口も食べていなかったのだが。私はパンを齧りながら耳を傾ける。

「賀茂さん、起きないんです」

「だから起こしに行ったんでしょう」

「だから起きないの」

「起きるまで粘りなさい、とはいわないが……」

「やっぱり、僕行きましょうか」

「茶山さん、彼のノックには定評がありますよ」

「七隈先生。しかし」

「茶山さん、僕、行きます」

「そこまでおっしゃるのなら。お願いします」

「だ、そうです。行きましょう南さん、千崎さん」

「律君。なにいっているんだい。彼女たちがダメだったから君が行くんだろう。一人に決まっているじゃないか」

「そんな……」

わが助手は力なく席を立った。

ゆっくりと食事を堪能しよう。私はおもむろにパンをちぎった。

パンを頬張《ほおば》っていたところ、律は戻ってきて、

「ダメです。起きません」

「わかりました。仕方ありません。鍵を開けましょう」

そういって茶山は席を立った。

律と入れ替わりに茶山が食堂を出て、私は残りのパンとハムを食べた。ハムは塩気がちょうど良かった。

そのときだった。

「あ、う、うわあああぁ」

獣の咆哮《ほうこう》に似た叫びが、ホールの向こうから耳に届いた。ホールに虎を飼っているわけでもないので、声の主は人間でしかあり得ず、この場に不在の人間は茶山か賀茂しかいないわけで、

「賀茂さん。賀茂さん」

と呼ぶからには、あれは茶山の声なのだろう。驚いた。あの痩身のどこから、こんな大声が出るのだろう。

……驚いている場合ではない。

「七隈先生、驚いている場合じゃありません。行きましょう」

「ああ」

黙ってその場に留《とど》まる者はおらず、結局、皆で食堂を離れ、声のほうへ向かった。

賀茂の部屋の前、中を窺《うかが》う六本松や南の背を分け、部屋に入る。

左右対称だが部屋の造りは似ている。左手にユニットバス、少し進んで奥にテーブルと椅子がある。

そして右の壁にはベッド。

ベッドサイドに、茶山と次郎丸先生が立つ。茶山は床に膝をつき、上体は布団に覆い被《かぶ》さるような姿勢だ。次郎丸先生は立ったまま、丸めた背をこちらに向けている。

二人の先には、もちろんベッド。寝顔を見せるのは、この部屋の主。

賀茂は眠っていた。

「どうしたんです、お二人とも。叩いてもつねってもダメですか」

茶山がそっと見返り、恨めしげに私をねめつけた。

「七隈先生。叩いてもつねっても、脈が止まった人間が目覚めることはありませんよ」

「なんですって？」

茶山の、ひどく湿り気を帯びた口調が返す。

「ご臨終です」

首から上を布団から出し、枕に頭を預ける賀茂の、血の気の失せた顔は安らかな表情を浮かべている。着衣は見えないが、寝具の乱れはない。季節外れの厚めの布団が、すっぽりと彼の身体を覆っている。

「死んでいるんですか」

誰にともなく呟いた。茶山が答える。

「ええ。まさか、こんなことになるとは……。すでに冷たくなっています。先ほど午前八時二十九分、死亡確認しました」

不穏な空気が部屋に渦巻き、居合わせたメンバーを包み込んで廊下へと抜けていった。

「鍵は閉まっていたのですね」

「はい。私がマスターキーで開けました」

部屋を見回してみる。床はとくに荒れてはいない。スリッパがベッド端に並べてあるくらいで、他は何もない。テーブルの上はすっきりしていて、足元には黒いスーツケースがある。入口側の壁にはポロシャツが一枚、ハンガーに掛かっている。窓は。

窓は閉まっている。クレセント錠が下り、しっかりと施錠されている。窓の右上、ベッドの頭側のエアコンは稼働していない。夜は点けていたのか否か、おやすみタイマーを設定していたのかはわからない。

「けっ、警察だ。警察を呼べ」

六本松が叫ぶ。

「警察？」

茶山と次郎丸先生、それに私の声が重なった。

「死亡確認したのなら、救急車よりパトカーだろう。それと、現場保存もだ。早く……」

反応する者はない。その様子を訝《いぶか》しんだのか、戸惑いを顔に宿した律が耳元で、

「連絡しないんですか？」

と訊いた。

私は眉根を寄せ、目を細めて彼に応えた。もし彼の目に、慈愛と諦め交じりの顔に映っているのならば、狙い通りというものだが。

「律君。それと六本松さん」

「どうしたんです」

「警察に連絡するかどうかは、まだわからない」

「えっ」

「それと、現場の保存は難しい」

「難しい？」

「おそらく」

私は、律の目に強い視線を送っていった。

「この先は、君の思うようには進まないよ」

2

過ぎ行く時が冷静さを与えたのか、落ち着きを取り戻した茶山がここでも場を仕切った。

「とりあえず私と次郎丸先生で検案をおこないます。他の皆さんは、いったん食堂にお戻りください」

「茶山さん、私も居ても構わないでしょう」

茶山は私を見定めるようにして、

「今は……、そうですね。いいでしょう。桜子、食事の続きを頼むよ」

「えー、見て減るものでもないし、ここで見ときたいんだけど。朝食ならもうセッティング済みだし。ね、春奈ちゃん」

「私はどちらでも」

「だったら邪魔にならないところに居なさい」

いったところで暖簾《のれん》に腕押し、時間の無駄と判断したのか、茶山はそれ以上いわなかった。

私が部屋の入口付近に陣取り、検案に入る二人に視線を送る。振り向いて、

「お嬢さん方、検案に興味がおありなら最前列へどうぞ」

「ちょっと、いいんですか七隈先生」

「律君。君などに見てもらうより百倍いい。賀茂も嬉しいことだろうよ。さあ、死体といっても血もなさそうだ。前で見ないかい」

桜子が南の手を引き、前に出ようとしたが、

「最前列はちょっと」

と南がためらった。代わりに、

「お嬢さんって私もいいのかしら」

「遠慮なさらず橋本さん。延命において好奇心に勝る薬はありませんよ」

「見るのは構わんが、無闇に荒らさんでおくれよ」

「わかっていますよ、次郎丸先生」

「ならば私も前で見させてもらう」

と六本松も前に出る。橋本と二人、ほとんど入口を塞ぐ形になった。

「ああもう、ほとんど見えなくなっちゃった」と律の愚痴が背後に漏れ聞こえる。見なくてよろしい。

茶山と次郎丸先生とがまず賀茂の顔まで布団を掛ける。それからわずかに腹部の掛け布団をめくったところで、律が疑問を投げかけた。

「七隈先生。さっきの、どういう意味です？　僕の思うように進まないって」

何と返そうか。言葉を選んでから口を開いた。

「そう……、おそらく君は、勘違いしているんだ」

「勘違い？　何をです」

「人里離れた館。わけありの招待客に招かれた探偵。そこで、死体として見つかった男。現場は扉にも窓にも鍵が掛かった密室。よくあるパターン。これは第一の事件だ、連続殺人事件の幕開けだと、こう、不謹慎な妄想を抱いてはいないかい」

「それは……、まあ」

「これで外が吹雪《ふぶき》とか絶海の孤島なら、舞台装置としては完璧。古き良き、愛すべきクローズドサークルの完成だと、そう思わなかったかい」

「そこまでは……、ちょっとだけ」

「半分正解だ」

「半分、ですか」

「クローズドサークルの定義を『外界との交通、通信が絶たれた状況』とするならば、当てはまらない。なんといっても外は快晴。吊り橋が落ちるでもなし、大木が道を塞いだわけでもない。二時間ほどかかることを除けば、警察が来るのに障害はないからね。

そうではなく、もう少し狭い意味でクローズドサークルを、『警察や科学捜査の介入がない状況』とするならば、これはおそらく、半分正解となるだろう」

「ええと」律は言葉を詰まらせた。

「物語の殺人事件との相違はなんだい？　そう、被害者だ」

「賀茂さんですか。彼は」

「喉頭癌の診断を受けている。そして、余命宣告もね」

「じゃあ」

「たまたまこの会合の途中に亡くなっても、それは寿命、自然死の可能性が高いってことだよ。だから今、こうして先生方が二人で検案をおこなっておられる」

「自然死だったら、どうなるんです？」

「仮定法の必要がないほど、その可能性は高いと思いたいところだけどね。その場合、警察の介入はない」

「思いたいところって、なんか曖昧ですね。でも、いいたいことはわかってきました」

「外界との交通は可能。されど警察や科学捜査の手は及ばない。しいていえばこれは、『中途半端なクローズドサークル』といったところかな」

定義が難しいところではあるが、語呂が気に入った。私は続ける。

「たとえば病気と診断された人が病気で死んだら、それは普通だ。病死にまで警察が関与していたら、病院は救急車とパトカーのサイレンで、さぞ賑《にぎ》やかになるだろうね」

「サイレンは鳴らさないと思いますが」

「物語の事件に警察が、司法が絡むのはね、その死が異状死だからだよ」

「異状死、ですか」

「律君、いやしくも医者だろう。医師法第二十一条は覚えているかい？」

「いいえ」

この返答には驚いた。思わず声が漏れる。

「へぇ、君ともあろう人間が、二十一条を覚えていないだなんて。この場において一番知っておくべき人物だろう君は。冗談かい？　ああそうか、からかうのが上手だね君は」

「からかってなんていません」

「よろしい。第二十一条はね、【異状死体等の届出義務】だよ。医師は、死体又は妊娠四月以上の死産児を検案して異状があると認めたときは、二十四時間以内に所轄警察署に届け出なければならない」

「ということは逆に、異状がなければ届け出なくてもいい……？」

「ま、そういうことになるかな。間違いではないよ。ところで、日本法医学会が発表した『異状死ガイドライン』というのがあって、この中で異状死は五つに大別されている。【1】外因による死亡、【2】外因による傷害の続発症、あるいは後遺障害による死亡、【3】上記【1】または【2】の疑いがあるもの、【4】診療行為に関連した予期しない死亡、およびその疑いがあるもの、【5】死因が明らかでない死亡」

「よくそんなの覚えてますね。しょっちゅう、いろんなこと忘れるのに」

「うるさい。ひとつずついこうか。まず【1】は交通事故なんかの不慮の事故、窒息、中毒、それに自殺や他殺なんかだね」

「そういえば、交通事故では警察来ますもんね」

「それは別の理由もあるだろうけどね、ともかく自然な死でないことはわかるだろう。どうです茶山さん。死体に外傷は？」

賀茂は昨夜と同じポロシャツを着ていた。今、老医師二人が、布団を軽くめくり、体表の視診による検案をおこなっているところらしかった。ほとんど見えないが。茶山が振り向かずに言葉を返す。

「頸《くび》のスカーフの下に、縫合痕があります。嗄声《させい》……賀茂さんは声が枯れていましたね。癌の影響かもしれませんが、手術のさい、反回神経に触れた可能性もあります。ただ、傷痕はきれいですし、絞扼《こうやく》の痕もありません」

「全身はどうです」

「きれいです。少なくとも、見た範囲では。指先に血糖測定の針による硬結、それと腹部の皮膚に、こちらはインスリンの痕がありますが、病気とその治療によるものですね」

「茶山先生。こりゃあ」

次郎丸先生が、賀茂の右腕を持ち上げた。腕の裏側には、わかりにくい場所ではあったが、白いボタンのようなものが着いていた。

「持続血糖測定器ですな。たしか、七隈先生も」

「同じもののようですね。といっても、こういう集まりですし、珍しいものではないでしょう」

その腕を見つめているうちに、私は知らず唸《うな》っていた。

3

「あ、ああ……」

嘆息とともに短く声が漏れる。私は強く手を額に当てた。

「七隈先生、どうしました」

「それだ」

「どれです」

「自然死じゃあないかもしれない」

「なんですって」

「インスリンです。インスリンを使えば、目立った外傷を残すことなく、自然死に見せかけて殺すことが可能です。なんといっても賀茂さんは、常日頃から皮下注射をしているんですからね。傷は傷に隠れます。先生方、失礼」

私は猛然とベッドに近づき、二人の医師に後退してもらった。ポケットから使い捨ての針と簡易血糖測定器を取り出す。前傾になり、掛け布団の下にある死体の手を確認する。白い指が覗く。アルコール綿で拭き、指の腹に針を刺した。血液を測定器のセンサーチップに吸わせると、ピーッと音が鳴った。

小さなモニター画面を先生方に向ける。

表示された数値は、

「二〇三です……」

次郎丸先生は腕組みをし、

「ひとつの指標として受け止めましょう」

といった。そこに部屋の外から声が届いた。

「指標って？」

六本松と橋本に隠れてよく見えないが、桜子だった。

「二〇三ってそれ、高いの？　低いの？」

これに次郎丸先生が、

「血糖値――グルコース値と言い換えても差し支えないが――の基準は六〇から一一〇mg／dl。教科書や学会によって差はあるが、概ねこの間と思ってよい。健康な人間の血糖値は、この間で推移する。甘い物を食べた後でも、一四〇を超えないのが正常だ。逆に下は六〇を下回らんことも正常な証《あかし》といえる」

「じゃ、高いのね」

「うむ。高いのはいい。それで死ぬことはないからな。だが逆が怖い」

「低血糖」

「たとえば君が朝食を抜いて夜まで働いたとしよう。お腹《なか》が空《す》いて倒れそう、などということがあるだろう」

「あー、あるかも」

「そういう時でも、健常なら血糖値が六〇を下回ることはない。二、三日食べていないならともかく、人間の体には一定の状態を維持しようとする働きがあってな。熱が出れば汗をかいて熱を逃がすように、血糖値が上がればインスリンが出るし、下がれば別の物質が出て、血糖値を上げようとする」

「ふーん」

桜子の返事は、わかったようなわからないような、曖昧なものだった。

「七隈先生は低血糖を疑っておられる。今は高血糖だが、血糖値が二〇や三〇の時間帯が続けば、低血糖による死という結論が得られるだろうからな」

「そうなの」

桜子の返事はどこか興味なさげな印象だが、律にはどう聞こえただろうか。二人の

会話がひとしきり続いたところで私は、

「念のためですが先生、転倒や転落、溺水《できすい》、感電といった可能性もないですか」

「転んで死ぬほどの衝撃なら、頭に外傷ができる。確実にな。それはなかった。感電も火傷《やけど》の痕もない」

「ちょっと、いいですか」

遅れて律も六本松と橋本の間を無理に手で広げ、部屋に入ってくる。次郎丸先生たちは一度検案する手を止め、やさしく掛け布団を賀茂の顔まで被せた。

私は律の方を向き直り、

「だそうだ律君」

「なんです?」

「【1】外因による死亡は否定されつつある」

「中毒かもしれませんよ」

「ああ。それとも、自殺かもしれない。そうなれば晴れて警察の出番だ。それに」

「今度はなんです」

律の問いは無視して、私は賀茂のカバンを漁った。

「次郎丸先生の話を聞いていなかったのかい。低血糖の可能性はまだ捨てきれないんだ。『点』ではない。『線』だよ。今、一時的に血糖値が高めでも、死んだ瞬間は低血糖だったかもしれない」

「そうか。持続血糖測定器を着けているってことは、どこかに専用のモニターがあるはずですね」

「そういうことさ。そして、グルコース値の推移は二十四時間、絶えず記録されている……」

カバンに突っ込んだ手が、硬い感触を捉えた。

「これは。ちがった……。が」

私の手には、鍵が握られていた。数字の4が彫られている。さらに上から律が覗き込み、

「4番。この部屋の鍵ですね。カバンに仕舞っていたのか……」

「律君。鍵も大事だが、今は」

もう少し探ると、別の硬く、つややかなものを指先が触知した。

「あった。これだよ」

黒くて薄い小型モニター。その電源を入れる。クロアゲハのような蝶のマークが表示され、すぐにコントロール画面に切り替わる。

「グラフは……」

グラフを表示させる。グラフは二十四時間ごとに区切られていて、横軸に時間、縦

軸にグルコース値が表示される。

まず、今朝九時、つまり現時点でのグルコース値は二〇二。先ほどの測定結果と大差ない。遡ってみると、午前八時半では二一〇。八時で二〇〇。それ以前も一〇〇台後半から二〇〇台を推移しており、午前零時の時点でも一七〇だった。

「極端に低血糖になっていれば、グラフは凹型になるはずだが……。高いままだ。念のため前日分も見てみるか。賀茂さんの平均的なグルコース値の推移がわかるかもしれない」

日付ボタンを押し、前日のグラフを表示させる。

「昨日の零時では一二〇から始まってますね」

昨日のグルコース値は、概ね以下のように推移していた。

| | |
|---|---|
| 零時 | 一二〇 |
| 六時 | 一〇二 |
| 九時 | 一六五 |
| 正午 | 一五〇 |
| 十五時 | 一七九 |
| 十八時 | 一四五 |

二十一時　一八一
二十四時　一七〇
細かいところを見ると、朝八時で一七〇、十三時で一八〇となっていて、

「おしなべて高血糖を維持していますね」

「ああ。それに今測った二〇三を超えるものはない。次郎丸先生のいう『指標』に当てはめたとき、どういう意味をもつのか……」

背を向けているとはいえ、同じ空間に二メートルも離れていない。われわれの会話は届いていたらしく、

「意味は知れとる。昨日からいっぺんも低血糖の時間帯はなかったんだろう。だったら、その原因は否定せねばならんということ。もうすぐ検案は終わるから、そちらはそちらで、講義の続きでもしときなさい。さあ外に出て」

私は肩を竦《すく》め、

「だそうだ。重大な発見の予感がしたんだけどね。まあ、予感というものはいつも波瀾を孕《はら》んでいるものさ。死因がひとつ否定されたことを前進と捉えよう」

「そうですね」

「では、話を戻そう。ええと、どこまで話していたっけ」

「『異状死ガイドライン』その【1】が済んだところです。中毒や自殺の可能性は残されていますが」

「それは措《お》くとしてその【2】にいこうか。これは今いった外因による傷害の続発症。つまり交通事故に遭ったとか火傷を負ったとかで、しばらくは生き永らえたが、ほどなく息絶えた、というケースだね。つづく【3】はその疑いというレベルだから内容は一緒。省略」

「【4】はどうです？　えっと」

「診療行為に関連した予期しない死亡、およびその疑いがあるもの。今は関係ないだろうね。手術中とかの医療事故を思い浮かべてくれ」

「『手術中』だなんて、よく嚙まずにいえますね」

妙なところに感心する。

「よく嚙んで食べているからね。……どうだっていい。最後に【5】だ」

「死因が明らかでない死亡」

「そう。これも詳しく分けられていてね。死体として発見された場合か」

六本松が言葉を被せた。すぐ近くだし、聞こえていたらしい。

「それじゃないのか。賀茂さんは死体で発見されたんだ。誰も亡くなる瞬間を見ていない。ということは異状死に当てはまるから、警察に通報する義務がある、ということかね」

「さあ、どうでしょうか」

「なんだかさっきから曖昧ですね」

するとと茶山が振り向き、

「薬院さん。もう少しで終わります。少々お待ちください」

「だそうだ。静かに待ったらどうだい」

律は口許をきつく結び、憮然として突っ立っている。

「待てない様子だね。じゃあ、ひとついっておくが、私はもちろん、茶山さんも次郎丸先生も、届出義務のことくらい承知なんだよ。その上でまだ通報していないってことは、なにか理由があることくらいわかるだろう」

「それは、まあ。でも異状死ガイドラインにある異状死の状態なんでしょ。そして、異状死体を発見したら、届け出る義務がある。だとしたらこの状況、矛盾してませんか？」

「そんな心配、今さら君がしなくても大丈夫だよ」

返答に窮したのか、律は口をつぐむ。

そこで次郎丸先生が立ち上がった。

「検案は終わりました」

「どうだったのです？」

「立ち話も疲れます。食堂でお話ししましょう」

4

食堂に戻ると、それぞれが各々《おのおの》の席に着いた。桜子が厨房に戻り、他は皆、消沈した顔つきで肩を落としているように見える。哀《かな》しみを表しているのだ、あれは、きっと。ほどなく桜子が飲み物を運んできて、皆の前で注いで回った。

「で、どうだったの？」

茶山が立ち上がり、

「賀茂さんは、お亡くなりになりました。まず、これは事実です」

「まさかこの中に、殺人鬼が」

と六本松。気の早い叫び役は律一人で十分なのだが。ミステリ好きが集まったそうだが、勇み足もいいところだ。

「次郎丸先生と私で、検案をおこないました。次郎丸先生は何度かされた経験がおありということでした。私は臨地経験はありませんが、医者の端くれです。一人より二人でやったほうが正確でしょう」

「それで？　何が判ったんだね」

「そうですね。判った事実を述べましょう。

死亡宣言から少し時間が経ちましたが、だいたい九時に直腸温を測りました。三回平均で、三十一℃でした。エアコン使用の有無は不明ですが、仮にエアコンをつけていたとしても、外気温と大差ないでしょう。昨夜も外は二十五℃くらいでした。布団も問題なく、極端に熱かったり冷たかったり、といった異変はありませんでした。つまり、体温変化に外気温の影響は考えにくく、賀茂さんは死後、自然に熱を奪われていったと考えられます」

次郎丸先生が話の続きを担う。

「賀茂さんの生前の体温は定かではありませんがな。見た限り、極度な発熱はないようだった。癌による熱を考慮して、高く見積もっても三十七・五℃といったところか。死後の体温低下はな、代謝物質がなくなって熱産生がなくなる、だいたい二時間後から始まる。およそ一時間に〇・五℃から一℃のペースだが、茶山先生のいうた条件では、一時間に一℃と考えてよいと儂も思う」

「死後硬直はどうでした」これは私の質問。

「顎から首、それに肩が硬直しかけとった。賀茂さんは痩せた体質じゃが、これも他の所見と矛盾ない結果じゃった」

「それと、死斑《しはん》も」

「死斑って?」

桜子の問いに、いち早く律が答える。

「死ぬと心臓が止まって、血の巡りがなくなるでしょう。すると血液就下《しゅうか》といって、血が重力で身体の下のほうに集まるんです。それで、アザみたいに見えるのが死斑です。できる部位も体位によって決まっています。仰向けなら、背中とか太ももの裏という具合ですね」

私が補足する。

「だからその体位と対応する部位を逆に利用して、ミステリではトリックに用いられることもある。次郎丸先生、賀茂さんの死斑はいかがでしたか」

「腹部から手先の皮膚は蒼白《そうはく》。代わりに背中から大腿《だいたい》にかけて、暗紫色《あんししょく》のポツポツがありました。大きさや流動性からも、死亡推定時刻と矛盾せんかった。

それと七隈先生のいうたとおり、仰向けの状態で身体の下以外に死斑があれば、死体を動かしたことが疑われるんだが、それもなし。純粋に仰向けで死に、発見されるまであのままだったのだろう」

「あんしょくって?」

「死斑の色によっても死因がある程度判るんですよ。大雑把にだけど、暗紫色——暗い紫色――は一般的な死斑の色です。他にも一酸化炭素中毒では一酸化炭素がヘモグロビンと結合して鮮紅色《せんこうしょく》になるし、青酸とか寒冷――寒さですね――では、鮮赤色《せんせきしょく》になるんです」

「薬院さん、説明ありがとうございます。もっとも、鮮紅色と鮮赤色の区別は難しいですし、珍しいケースですけれど。少なくとも賀茂さんの死斑に関しては、一酸化炭素や青酸ではあり得ないでしょう」

「もちろん『寒冷』も直腸温と矛盾する、と」

「それから、七隈先生からひとつご指摘がありました。ご承知のとおり賀茂さんは生前糖尿病を患っておられました。それで、低血糖が原因でお亡くなりになったのではと、こういう内容でした」

「そこで私は確かめたのです。上を向いていた指の腹に、針を刺してみて。その結果と、茶山さんたちとの話の内容は、皆さんの耳に届いていたはずです」

次郎丸先生が話を受け取って、

「健常な人でも、死後は生体侵襲が加わって二〇〇から三〇〇程度まで血糖値は上昇する。零時の一七〇から九時の二〇二というのは、いささか低く捉えられるかもしれんが、日常的にインスリンを打っておるので、こんなものでしょうかな。それより大切なのは、一度も低血糖状態の時間がない点ですな。低血糖で死んだのなら、その時点から今まで、三〇とか二〇とか、そういう値が続いているはずだよ」

橋本が挙手して、

「あの、よくわからないですけれど、一度低血糖にしておいて、高血糖にもっていったとは考えられません？」

「賀茂さんが生きている内にそういう細工があれば、彼は今も生きているはず。低血糖が一時的ならば、意識は戻るだろうからな。それと死体の血糖値上昇は、今いったように生体侵襲による。甘い物を口に入れても咀嚼ができぬのと同様、薬で上げようと思っても、分解酵素が死んでおるから無駄だな」

すると六本松が、

「殺人だったとして、別の方法があるんじゃないのかね」

「と申しますと」

「ニトロだよ。賀茂はニトロスプレーをポケットに忍ばせておいただろう。それに狭心症の薬もあった。どちらも血管を広げるものだろう。あれを使えば血圧が下がり、死に至らしめることも可能じゃないか」

コーヒーを一気に飲み下し、律が答えた。

「あり得そうな話ですが、現実的には難しいかと。賀茂さんの普段の血圧がよほど低ければ、それもあるかもしれません。ですがあのニトロのスプレーは、半減期が短い、つまり効き目は三十分ほどなんです。たしかに血管は開きますが、飲み薬と併用したところで、死ぬほど急激に血圧が下がることはないでしょう。気を失う、という話は聞いたことはありますけど」

「そうなのか」

「そもそも、眠らせたとして、口を開けて舌を持ち上げる必要があります。そのうち目覚めて抵抗するでしょう。もちろん個人差はありますが。それに下がっても、しばらくすれば戻りますし」

最後は独りごとのようになった律に橋本が口を挟む。

「そういえば何かで聞きましたわ。意図的に心筋梗塞《しんきんこうそく》を作り出せる薬があるって話。その薬を使えば、完全犯罪よね。何だったかしら」

「たしかにそういう薬はあります。ですが特殊な薬で、まず一般には入手不可能です。それに投与方法が問題ですね。仮に手に入れたとしても、注射する必要があります。それも、心臓の血管に、直接です。通常はカテーテルで心臓まで誘導して注入するんです。腕の血管に刺して注入しても効果はありません。ですから、設備あってこその薬ですね」

「まあ、ではここでは難しいのね。それじゃ、えっと、カリウムはどうかしら」

「注射なんかで血中濃度が急に上がれば致死性の不整脈をおこせます。物語の中では、たまに用いられますよね。ただ、実現可能性としては低いんじゃないでしょうか」

「どうして？」

次郎丸先生が話を拾う。

「第一に、血管に針を刺せばその痕が残る。それなりに太い針が必要だからな。出血は避けられまい。しかるに、賀茂さんの体にそんな痕はなかった。次に、どうやって持ち出したか、だ。通常、注射用カリウムなどという劇薬は金庫管理されておる。定数管理もな。わずかでも減っておれば、すぐに足がつく。たとえば舞台が病院なら、多少のごまかしが利くかもしれんが、院外に持ち出すとなると、そうもいかん。いうとくが、儂の医院にはないぞ。脳のクリニックで使う薬でもないしな」

「それで、結論はどうなんだ」

六本松が強い口調で言う。

「賀茂さんの疾患のひとつ、糖尿病は否定された」

茶山が続ける。

「体温、硬直、死斑。これら早期死体現象を総合して、死亡推定時刻は日付が変わった零時から三時の間と判断しました」

「死因は何なんだ」

茶山は一瞬口をつぐむ。それから六本松を見据え、

「癌です。賀茂さんは癌で亡くなられたのです」

## 5

食堂にしばし沈黙が居座った。六本松が口を開く。

「癌というと彼の持病だな。ということは、事件性はないのか」

茶山は首を振る。

「念のため賀茂さんの私物を検《あらた》めましたが、毒となるような薬も、その薬包も見つかりませんでした」

「昨日、探偵さんが話していた方法は？　ほら、注射器で空気を送って空気塞栓を起こすって」

一度話は終わったかのように見えたが、どうやらまだ続くらしい。

「それも考えなくていいでしょう。インスリンは皮下注射ですが、空気の場合、血管に針を刺す必要があります。それも、ある程度太い針をです。血糖測定やインスリン注射に使う針とは構造から異なるんです。刺した痕があれば、気づきますよ」

「針か。針といえばもうひとつあるだろう」

「もうひとつ？」

「血糖測定とインスリンの針痕に異常はなかったという。だがもうひとつ、持続血糖測定器の針があるじゃないか。白いパッチに隠された、第三の針がな。もしその針に毒が仕込んであれば、体表上の異常はなくとも殺《あや》めることはできるだろう」

第三の針か。私は六本松のほうを見て頷いた。そして、

「なるほど、なかなか面白いご指摘です。たしかに持続血糖測定器の針は長さ六ミリほどで、血管に届くことはありませんが、毒物を仕込むことは可能でしょうね。ですが賀茂さんの場合、この方法では無理でしょう」

「なぜだ」

「あのタイプの測定器は二週間連続で使用するものです。賀茂さんのは、少なくとも昨日から着けっぱなしでした。無理に外せば途中で記録が途切れてしまいますし、皮膚にも痕が残ります。粘着力が強いですから。もちろんグラフ上にも皮膚にも、そんな痕跡はありませんでした。そうでしょう次郎丸先生?」

「うむ。皮膚については、先にいうたとおりだよ。それと七隈先生の補足になるが、賀茂さんが刺す前の針に、毒を仕込んだ可能性も、まあ無かろう。いかに針先が皮下といえ、一日以上経って効き目が現れる毒もないだろうし」

「そうか。では服毒はどうだ」

橋本に負けぬくらい、六本松もまた食い下がる。殊勝なことだ。茶山は首を振って、

「それはたしかに完全に否定できません。そして、それこそ解剖や死亡時原因検索をしないことにはわからないことです」

「だったら……」

六本松がなおも言論の自由を旗に粘る。もはや意味はない。現実を受け入れきれていない様子だが。あるいは自身の死を連想して、わずかに動揺しているのかもしれない。私は小さく手を挙げ、

「六本松さん。どうも、賀茂さんの死に事件性を見出したいようですね」

「何をいう。そもそも……」

「あるいは物語と現実の区別がついておられないのか。館で人が死んだからといって、イコール殺人事件と決めつけてはいけませんよ。被害者の状況からして、自然死の可能性が高いのです。私の身にもなってください」

「それが探偵のセリフかね」

「まあ、六本松さん。七隈さんのお考えもわかりますわ」

と橋本が私を庇《かば》ってくれた。そこで話をさらったのは律だった。彼は食堂の全体を見て、

「仮に、巧妙なトリックを用いた殺人事件だったとしましょう。もしそうだとして、ひとつ疑問が芽生えます」

「どんな？」

「被害者は、余命宣告を受けているんです。言い換えれば、放っておいても、どうせそのうち死ぬ。そんな人間を、なぜわざわざ殺す必要があるのでしょう」

「それは……」

「まあ、本気で考えないように。可能性は限りなくゼロなんですから」

私は律に一瞥をくれた。神妙な顔つきだ。一流の探偵の助手として、その顔だけは相応《ふさわ》しい。力尽きかけた六本松が、土俵際の粘りを見せるようにして、

「限りなくゼロということは、他殺の可能性は完全に否定されたわけではないということだ。ならばやはり、考えられる可能性は確実に排除すべきではないのかね」

「さて。そこは茶山さんと次郎丸先生の判断に委ねられる。はたしてこれは、異状死かどうか」

「異状死って？」桜子が質問する。

私は、異状死について先ほど律に講義した内容を反復した。

「ここでいう異状死は、あくまで法医学会のガイドラインによるもので、法的なものではありません」

だからもちろん、医師法第二十一条の通報義務を決定するものでもない。先ほどの律の「矛盾していませんか？」に曖昧に返したのは、そのためだ。ものわかりの悪い

彼に、はたして理解できただろうか。

「それとですね、今回の賀茂さんは、【5】①死体として発見された場合に当てはまります。けれど、だからといって十把一絡《じっぱひとから》げに、すべてが異状死だ、とすることもできないのです」

「ジッパーにからあげ？　下味をつける？」

「十把一絡げ。本筋でないところに突っ込まないように」

「古いんですよ言葉が」

「……わかりやすく例を挙げよう。たとえば君が朝、目覚めて、おばあちゃんを起こしに行くだろう。ところが祖母は声をかけても揺すっても起きない。脈をとるが触れない。手足が冷たくなっている。祖母は病気もちで、いつお迎えがきてもおかしくない状態だった。さて君はどう思う」

「それは……」

「はたしてこれは異状死といえるだろうか。言い換えるなら、この状況で君は、『誰かが忍び込んで、毒を盛ったのではないか』とその可能性を拭いきれず、警察に通報するかな」

律は考え込んでいるふうだった。追い打ちをかける。

「ちなみに【5】②一見健康に生活していたひとの予期しない急死、があるがこれも該当しない。この場合、健康でないことは、同居家族は知っていたんだから」

「ああ、はいはい。よくわかりましたよ」

次郎丸先生が後押しをするように加えた。

「七隈先生の話は、まさに儂と茶山さんが考えとる状況だよ。儂らは家族ではないが、あらかじめ病状を、死期が迫っていることを知っておったことには変わりない。他殺の可能性を全否定はせんが、考えておらんといってもいいくらいだ」

「なんとなく、わかったような」

ここで顔に戸惑いを浮かべた茶山が、ふと呟いた。

「いや、ですが六本松さんの話も、ごもっともです」

「茶山さん。悩んでおられるのか」

叱責するような次郎丸先生の声に、茶山は弱々しく答える。

「限りなく、限りなく病死に近いとは、私も思います。だからこそ先ほど、きっぱりと申し上げたのですが。ですが初めてのことですから、検案に何も間違いがなかったとは、言い切れないと、今になって思えてきました」

検案に臨んだ医師が事件性を見出すか否か。医者のさじ加減次第とはこのためにあるのかと思えるほど、この場面での二人の決定は大きな分水嶺《ぶんすいれい》といえた。緊張した空気が食堂を覆っている。

「もう少し。そう、明日まで猶予をいただけませんか。賀茂さんのお体は、私が責任をもって管理しますので」

そういわれたところで、主宰者たる茶山に言葉を返せる者はいなかった。律を除いて。

「あの、茶山さん」

「何でしょう」

「他殺の可能性が完全に否定されれば、自然死ということでよろしいんですね」

さも当然のことを自信ありげにいう。茶山は静かに頷いた。

「外傷もなくインスリンでもない。狭心症も軽いものといっていましたから違うでしょう。でも毒の可能性が残っている。それで決定打に欠ける。今は、そういう状況で間違いないですね」

「はあ」

「でしたら、服毒の可能性が排除されれば逆に、自然死ということで成立する。そういうことですね」

「律君。何がいいたいんだい」

「六本松さんを擁護する気も、茶山さんたちを貶《おとし》めるつもりもありません。ですが……」

それから律は息を吸って、吐いた。

「探偵を招待した意味が出てきたと思います」

6

律はつまり、探偵の真似事をするつもりらしい。それにより自然死が証明されれば事件性は完全になくなり、警察の介入もなくなるという筋は、もっともな話ではあるが。

賀茂の今後については、自然死を最終確認した上で、明日、茶山が葬儀屋を手配して運んでもらうという。

いったん散会になる。昼食は十二時半、パンと魚料理だと茶山が告げた。すこし落ち着きを取り戻したらしく、口調には普段の温《ぬく》もりが感じられた。

腹に手を当ててみる。こんなときでも食べなければならない。こんなときでも、腹は減る。

与えられた二時間弱の自由時間。いつになく疲労を覚えた私は図書室で漫画でも借りようと思ったが、後ろを歩く律がそれを許さなかった。

「七隈先生、もう少し検討しましょうか」

「検討？　何を」

「他殺説ですよ。インスリン以外の。事件性がないことがわかれば、自然死になるんですよね。茶山さん、そこで悩んでいるみたいですし」

これは、探偵として殊勝な心構えだと賞賛すべきだろうか。

「事件性を否定することで逆に自然死を証明する、か」

「ええ。病死が第一、というかその可能性が極めて高いでしょうが、毒なら他殺か自殺もありえます」

「密室で人が死んでいたら、ふつうは自殺か自然死なんだがね」

「じゃあ、ホワイダニットはどうお考えです？」

部屋の前に着いた。ウエストポーチから鍵を取り出して、

「ホワイダニットというのは？」

「さっきいったやつですよ。ほら、『放っておいてもどうせ死ぬ人間を、わざわざ殺す理由は何か』って」

「ああ、動機の問題か。そんなの、君ももう気づいているだろう」

「なんですって？　先生はもうわかったんですか。というよりその発言、やっぱり他殺ってことですよね」

「いや、まあそうだね、他殺だったと仮定して、だよ。まず前提が間違っていると思

いたい」

「何です、思いたいって？　珍しく歯切れが悪いですね。ではハウダニットは？」

「それは君、犯人を指摘して、それからじっくり聞けばいい」

律はそこで口をつぐみ、真剣な眼差《まなざ》しを見せた。いったいどういう思考の上、そんな目をするのか。

「わかったよ。とりあえず、窓と扉に小細工がないか調べてみよう。茶山さんに説明して、鍵を開けてもらおう。ただし、賀茂の体には触れないように。不用意に触れれば体液に曝露《ばくろ》するリスクがある。ニオイがキツいのは嫌だ」

少しの休憩を挟んで、十一時半。

律の右手には、賀茂の部屋の鍵が握られている。鍵穴に差し込む前、彼が腰を折って覗き込む。

「どうだい？」

「きれいです。無理にこじ開けた跡はありませんね」

鍵穴だけでなく扉の全体を観察する。床からはわずかに空間があるようだった。

鍵を開け、中に入る。扉の内側を見るが、鍵穴、ノブ、板とも変わった点はない様子だった。

「針と糸でどうにかなるものではなさそうだ」

「そうですね」

針と糸と針金と磁石を用いても、一ミリも動かないだろう。高枝切りバサミも漫画雑誌も、この鍵と扉の前では無力だ。これを開けるとなれば、それは正式な鍵より他にあり得ない。

「たしかマスターキーは」

「茶山さんが持っているって言ってましたよね。もしも……」

「茶山さんが犯人なら、一件落着かい？　マスターキーで密室を作り上げ、検案も場の舵取りも、すべて自分が仕切る。検案を次郎丸先生に手伝わせたのは、そのほうが信憑性《しんぴょうせい》と信頼感が増すから。その上で、体表の検案だけでは見抜けないような死因で殺したと、こういうわけかい」

「可能性はあります」律は小さく、されどしっかりと頷く。

なるほど物語らしい、そして少し興味をそそられる説だった。

「会長という立場上、当然かもしれないが、なるほど茶山さんは少し目立ちすぎているね。それも演技かもしれないと。面白い。だが、それならさっき六本松の説に異を唱えなかったのは矛盾だね」

「あるいは共犯がいるのかもしれません」

「大胆な仮説だね。だがいったん措いて、部屋を見てからにしよう」

振り向いて、そこで初めて気がついた。扉が内開きだったから、気がつかなかったのだ。死体が消えていることに。

「やあ律君。賀茂がいない」

「え、あ本当だ」

部屋中に目をやるが、どこにも見当たらない。

「散歩に出たんじゃないだろうね」

すると廊下から茶山の声がした。

「我々で運んでおきました。先生方が部屋に入られるとのことでしたので。今は別の部屋に施錠をして、安置してあります」

「ああそうですか。それはご配慮をありがとうございます。解決した。さあ律君。どこから調べようか」

「ええ、では入口側から」

釈然としない様子で律は答えた。

現場検証の鉄則はいくつかあるが、そのひとつは「外から内へ」。つまり、死体を中心になるべく遠くから円を描くように観察をおこない、少しずつ中心に近づいていく。見落としを減らすためだ。とはいえ部屋の広さはたかが知れている。外も内も神経質に意識するほどではなかった。

入口付近の壁や床に異常はない。あまり使われていないのだろう、傷ひとつ付いていないようだ。ベッドの布団はそのままに、賀茂だけがいない状態だ。その他、床も壁も変わった点は認められない。窓には鍵。しっかり下りている。

律がベッドを見て、

「茶山さん。賀茂さんの布団、ずいぶん分厚いですよね。夏なのにこれは冬用ですよ」

「実は彼、寒がりでして、今回の宿泊の話を持ちかけたとき、お願いされたのです。布団は冬用のものにしてほしいと」

「そういえば茶山さん、賀茂さんとは旧知の仲だったんですよね」

「旧知とは言い過ぎですね。何度かお会いした程度です。彼のブログにはこの会のことを書いていただいたり宣伝らしきことをしていただいて、お世話になりましたけれど」

「あのブログなら読みましたよ」

といって次にカバンの中を覗く。今度は漁る必要もないので、ひとつずつテーブルの上に置いていく。

持続血糖測定器に通常の血糖測定器、針。消毒綿。飲み薬。ハンカチ、筆記具、手

帳。取りたてて変わった物はなく、小ざっぱりとしている。手放せなかったであろう
電子端末は、ベッドの枕元にあった。

「あ、これ」

と律が取り出したのは手帳だった。黒い、ありふれた手帳のようだ。律が手帳をパ
ラパラとめくる。

「次郎丸、七隈、薬院、茶山、六本松、橋本、南、千崎……」

「どうしたんだい」

「集まったメンバーの名前が書かれています。そういえば彼、自己紹介の時メモをと
っていましたね」

「そうだが。どうだい、なにか手がかりになりそうなものは」

律はまたページをめくる。思案するようにしばらく静止して、

「いえ……。あとは仕事のスケジュールとか、ごくありふれた手帳の内容のようです。

しいていえば、何もないことが再確認できました」

「そうかい。自然死だったら、それで自然だよ。何も不思議はない。さあ、部屋に戻
って昼食に備えようか」

律を従えて食堂に入る。十二時二十分。一番乗りだった。遅刻など言語道断。時間

厳守は社会人の基本だ。ネームプレートによる座席指定はないが、私は定位置を確保した。他のメンバーもだいたい、自分の座席が決まりつつあるだろう。

ほどなくメンバーが揃う。朝は興奮が手伝ってか皆、顔が紅潮して見えた。それが今や時間が落ち着きを与え、茶山も六本松も橋本も、蒼白に近い顔色を呈している。南は相変わらず、ひたすらに白い。

「おや、次郎丸先生がいない」

「次郎丸先生はもう一度調べてみるといわれまして、別室におられます。その間で軽食を摂られるから大丈夫とのことです」

「そうですか」

まずサラダが運ばれてきた。それにハムとチーズも。

「朝のバタバタで、あんまり手の込んだものは作れなかったんです。すみません」

ハムをチーズに重ねてフォークでひと刺しする。

「うん。塩が利いていて美味」

「先生、塩は利かせてるんじゃなくて、保存のためです」

律が小声でいう。どっちだっていい。

ナイフとフォークの音に時おり咳の音が混じる。皆、黙々と、あるいは粛々と食べている。もともと縁のなかった人同士だろうし、それで普通なのかもしれないが、昨夜より空気が重く感じられるのは気のせいではないだろう。

得体の知れない白いソースのかかった魚料理を半分ほど食べたところで、茶山が口を開いた。

「賀茂さんの件は残念ですが、かといってこのまま明日まで過ごすわけにもいきません。遅れましたが、午後からカウンセリングをおこないたいと思います。集団カウンセリングは現状難しいようなので、個別にしましょう」

このカウンセリングが会の活動内容のひとつであり、目的でもあるのだろう。メインイベントは別として、会において大きな役割を占めていることは間違いない。

「茶山さん、賀茂さんのことをお調べになるのじゃありませんの？」

「合間をみて考えます。ですがカウンセリングも大事ですから」

茶山が順番の希望を訊いた。真っ先に手を挙げた橋本が一番、他に挙手はなく、席の並びで南、六本松という順になった。次郎丸先生は難しいだろうとのこと。私たちにも後で話をしてくれるという。茶山の話が切れたところで、代わって律が、

「皆さん、カウンセリングの合間に僕たちも皆さんのお話を伺いたいんですが、いかがでしょう」

「話というと？」

「端的にいって、昨夜のアリバイ、それに皆さんと賀茂さんとの関係についてです」

「薬院さん。それって……」

橋本の抑えた口調。

「いけませんか？」

「いいえ。同意さえあれば、お話を訊いてもいいかと思います。私が思うのは、意味があるのかという点です」

「意味？」

「試しに今、こう訊いてみてはいかがでしょう。『昨夜零時から三時まで、寝ていた人は？』」

皆が勢いよく手を挙げる。橋本も含めて。小学生なら先生に褒められそうな、きれいな挙手だった。

「賀茂さんとこの会以前に関わりがあった人は？」

すべての手が下りる。橋本も含めて。

「以上です。これでよろしいでしょう」

「こ、こ……」

律の口許がわなわなと震えている。

「こんな事情聴取があっていいんですか！」

コーヒーを飲み終えると内服の時間となった。私はウエストポーチのピルケースから薬を取り出し、水で飲んだ。

六本松がカップを置き、

「残念ながら皆、自身のアリバイは証明できないようだが、私は探偵助手君がいっていた話が気になるね。つまり、ホワイダニットについてだ」

放っておいてもいずれ死ぬ人間を、どうしてわざわざ殺すのか——

私が、

「六本松さん、賀茂さんは癌で亡くなられたのですよ」

というと、

「だから、『殺人事件だと仮定して』だよ。賀茂さんに焦点を当てなくてもいい。もっと抽象化して、一般論として考えても」

橋本が返す。

「そんなに大した意味はないんじゃないです？　どうしても自分の手で殺してやりたかったとか」

「人を殺すとなると、大した怨恨だな」

「その人を殺すことで、犯人に利益がもたらされる、とか」

「だが被害者の関係者がいないのなら、見当違いだ。隠れた関係性でもあるなら話は別だが」

「前代未聞の殺害方法を思いついたので、試してみたくなったとかは？」

「そんな方法があるかね。空気塞栓を引き起こすのもちがうんだろう。服毒じゃないのか」

「でしたら、やっぱり解剖を」

「だから、それが否定されつつあるんだ。解剖されること自体を、先生らの検案によってね。先生らに他殺説を否定させることこそ、犯人の狙いかもしれん」

六本松と橋本のやりとりが続く。だがどうも地に足の着かない、じつにふわふわとした会話だ。「こうかもしれない」「こういう可能性もある」。期待と願望交じりの、論拠のない雑談である。

「あの」

二人に割って入ったのは、南だった。座がしんと静まる。

「放っておいてもいずれ死ぬのは、犯人も同じだから。どうせ自分も死ぬのなら、と犯人は考えたんじゃないでしょうか」

間もなく死ぬ身にある人間の、背水の犯行説。仮説にしても少し面白い、と私は思った。

「死ぬ気でやればなんでもできる、ですね。もちろん殺人だって」

茶山が口を挟む。

「そろそろやめにしましょう。いずれにせよ賀茂さんを殺す理由にはなりませんよ」

それ以上話は進展することなく、昼食の座は散会となった。

7

口許を拭き、食堂を後にする。ホールに入ると、いやがおうにも目に入るあれを見過ごすわけにもいかなかった。

「さて律君。今朝は賀茂のことで持ち切りだったが、君はあれをどう見る?」

あれというのは当然、切り裂かれた絵のことだ。

「賀茂さんの死と関係あるのでしょうか」

「死んだ人間と壊された絵か。関係あるのかもしれないし、ないかもしれないね。いたずらか、何か目的があってのことか。さて」

目的は不明。それも犯人に聞けば判ることか。

「ホワイの視点で絞るのは難しいね。犯人に聞くのがいい」

「どうやって」

「外部犯の可能性は低い。わざわざ利用中の別荘に忍び込んで絵を切り刻むなんて酔狂な真似、普通しないだろうからね。異論は？」

律は首を振る。

「だったらこれは内部犯だよ。そしてこの中に居る人間は皆、日本語が通じる。ならば日本語で犯人に、なぜやったのかを聞けばいいだけのことさ」

「どうやって、と聞いたのはそういう意味ではありません。問題はどうやって犯人に辿り着くかですよ」

私は律をじとりと見つめて、

「それはそう、『お前が犯人だ』と指差したら簡単にことは済むんだが、おそらくそれでは犯人は納得しないだろうね。証拠を見せつけなきゃ。だから探すんだよ、証拠を」

「なんか、ごく当たり前のことを大層にいってるように聞こえるんですが」

「それは君の耳が悪いからだ。頭に次いで耳が悪い。さてどうする。暇つぶしのアリバイ聴取と絵の証拠探し、どちらを先にする？　ほかならぬ君のわがままだ。寛大な心でいくらでも付き合ってあげよう」

「そうですね……」

と律が逡巡していると、背後から明るい声が浴びせられた。

「あれー、探偵さんたち。何してるんです？」

桜子だった。コック帽とコック服を脱ぎ、空色のワンピースに着替えていた。

私は簡単に事情を説明した。

「それにしてもひどいですよね。こんな、めちゃくちゃに切るなんて」

「何か心当たりないかな」

律の問いに桜子は首を振る。

「でもあれってやっぱり刃物ですよね。キッチンの包丁とかは、何も異常なかったですよ」

「本当？　いちおう見せてもらってもいいかな」

「無駄だよ律君。何のためにそんなことを」

「念のためです」

踵を返す桜子に続く。律を従えて食堂へ戻った。さらに奥の扉の先、厨房に入る。

扉の正面に銀色の大型冷蔵庫があり、左手に延びる形でシンク、調理台などが配列されている。最奥がコンロのようだ。反対の壁側は収納と作業台になっていた。壁につけられたフックに、お玉やフライ返しが吊るされている。

「これです」

と桜子はシンク下の収納を開けた。覗くと包丁が五本、その引き手の内側に掛けられていた。そのひとつを持ち、

「あの絵を傷つけたとしたら、刃先に絵の具が付いているはずですよね。でもほら見て、ここの包丁、全部きれいでしょ。昨日の夜も朝も、このとおり。あ、もちろんナイフもね」

と反対側の収納も開け、ナイフを見せてくれた。照明を受け、鋭く銀色に輝いている。

当然、付着した絵の具を洗い流すことくらいできる。ここは彼女の聖域なのだから、証拠隠滅を謀ったとして誰も気づく者はいない。だが桜子の犯行だと決めつけることも、それを否定することもできない。そしてそれは彼女に限った話でもない。……といったことを読み取ったのか、律が、

「キッチンに施錠は？」

「してません」

「だったら誰かが」

「律君。ここに証拠はない」

「どうして言い切れるんです」

「知っているからだ。そう、思い出すまでもない。あの絵の状況を、いや、もう一度見た方が早いかな。絵の前へ行こう」

律を従えて再びホールへ移動する。

私はキャンバスを見上げていった。

「このとおり、絵は高い位置にある。そして百号サイズだ。同じ号数ならキャンバスの規格の種類が違っても、縦の長さは同じ。そうだね」

「はい。それで？」

「絵は上の方まで切られている。はたして君はあの上の部分まで手が届くかな」

律は手を伸ばしてみる。だが到底届く高さではない。絵に垂直に刻み込まれた傷は、その手のはるか先にある。

「うーん、薬院さんで届かないとなると、誰も届かないよね。脚立か、椅子に乗れば別だけど」

「椅子といえばそこにソファがありますし、あるいは食堂、図書室、遊戯室、客室ですかね」

「律君。どこまでとぼける気だい？　さあこっちだ」

「七隈先生、ちょっと」

私は律を無視して遊戯室を目指した。

遊戯室のドアを開け、さらにその奥の倉庫のドアを、追いついた律に開けるよう指示する。

「さあそこに何がある」

薄暗い倉庫を律と桜子の顔が覗く。

「えっと、レンチ、ドライバー、芝刈り機、剪定バサミ、それに枝切りバサミ、高枝切りバサミ……」

「高枝切りバサミ」

何か宝物でも見つけたかのように桜子がはしゃいだ声を出す。

「ちょっとそれを見てごらん」

促すと、律が手を伸ばして高枝切りバサミを引き寄せた。

「これは」

見ると、ゆうに二メートルはある真っ直ぐな柄の先、刃の先端に色が付いていた。本来の銀色ではない、明るい色が。

「黄色と白、に見えますね」

律が呟く。

「ねえ、それって絵の具ですよね。それも上の方の色じゃない？」

絵は、上部が黄色や白、下が青系の暗めの色調だった。

「そうですね。ということは」

「犯人は安直な思考の持ち主といえるね。高い所のものを傷つけるなら、高枝切りバサミを使えばいいだなんて」

「でもこれじゃ結局、誰でもできるってことですね。この倉庫も、鍵は掛かってなかったんですし」

律がため息を吐いた。

そのまま遊戯室にとどまり、律はソファに腰掛けた。顔に疲労の色を浮かべている。

「お疲れのようだね。さあ、絵を傷つけた道具はわかった。誰がやったかはわからない。進歩はあった。もう気は済んだかな。少し休憩しよう」

「あ、それじゃ私、紅茶淹《い》れてきますね」

「千崎さん。ついでにドーナツはないかな」

「ドーナツですか」

「うん。おやつはドーナツに限る、なんてこともないがね。昨日も正午だったか、ここに来る道中、ドーナツを食べたんだ。あれは旨かった」

「ごめんなさい、ドーナツは置いてなくて」

「そうか。ならいい」

「ちょっと待っててくださいね」

駆け足で場を辞した桜子は十五分ほどして戻ってきた。それぞれの前にカップを置き、紅茶を注ぐ。

ぐいと飲み干し、カップを皿に戻した律は、腹に巻いたウエストポーチからメモ帳とペンを取り出した。メモをとる気らしい。格好だけは探偵気取りである。

「もう一度聞くけど、千崎さん、賀茂さんと面識はなかったんだよね」

「ええ、初対面だけど」

「そう」律は小さくため息を吐く。

「そうやって聞くのって、やっぱり殺されたかもしれないいんですか」

「まだわからない。でも茶山さん、明日までといっていたし、それまでに証拠が出なければ自然死ということで処理されるだろうね。その可能性が高いけど」

「千崎さん。他殺というのは六本松さんの妄言です。戯言《たわごと》です。茶番です。お遊びと思って結構。だから律君のやることもまたお遊びなのです。

他殺としての決定的証拠が見つかれば、いえ見つからなければ、か。一発解決なんですが、まだそこに至っていないので、まあひととおりの話は聞いておこうと、こういうわけなのです」

「なんか消極的ね」

「ふん、事件なら首をつっこみたいところですが。自然死と診断されつつあるこの状況。調べるだけ無駄だろうとは、思っているんですがね」

「へえ、七隈さん優しいのね」

反応した律が律儀にツッコミを入れる。

「今のセリフのどこに優しさがあるんですか。……それで千崎さん、昨夜はどこで何をしていましたか」

桜子は迷う素振りも見せず、

「皆の食事が済んで、皿洗いが二十一時半ごろ終わって。それからここに来て、紅茶を淹れて。そこからは知っているでしょう。探偵さんたちと同じ時間に部屋に戻って、それから寝た」

「皿洗いとか飲み物を準備する間に、誰か厨房を訪ねて来なかった?」

「ううん、誰も。そんなに広くなかったでしょ。誰か来たらすぐ気づくんだけど」

「そう。ではその間はずっと一人だったと。ところで今朝は何時に起きましたか」

「六時前。なんだか事情聴取みたいね」

「事情聴取ですよ。形だけのね。夜中や、朝起きて何か異変はなかった?」

「何も。着替えて厨房に入って、朝の支度をしてただけ。……あ、もちろん朝までのことを証明できる人なんかいないからね」

朝が早い以外は、ごく普通の時間の過ごし方に思えた。

「千崎さんは、茶山さんのお孫さんでしたね。今回は本業のほうがたまたまお休みだったとか」

「そうなの。うちの店、オーナーが気が向いたら、ふらっとイタリアに行っちゃうから、不定期に閉まっちゃうの。ものすごく長期間ではないんだけど、ミラノとかローマとか巡って、いろんな食材探したり、話聴いたり、友達と会ったりするんだって」

「へえ。いいですね」

律がじつに気の抜けた相づちを打つ。それから、

「千崎さんは今回、参加は初めてで、面識のある人はいないんだよね」

「ええ。知ってる人は、おじいちゃんと春奈ちゃんだけ」

「余命一年なんてこともない？」

「見てのとおり。病院なんて、お見舞いに行くくらい。招かれたのは余命宣告を受けた人ばっかりなんですってね」

律の目を見ていう。律はまた「ああ、うん」などと返事とも取れぬ返事をした。

律を従えて自室の前まで戻る。

カウンセリングは十四時から、茶山の部屋で、だそうだ。一人およそ三十分というから、多少の前後はあるとしても十六時過ぎには終わる。終わればその後、茶山の身は空くことになる。

思えば私は自身の探偵談を話すため、ここに招かれたのだったか。それがまだ私からはカメレオン失踪事件の話しかできていない。この空気ではおそらく、今夜も話せ

る様子はない。とどのつまりは、今この館に私がいる意義というのは、毛の先ほどもない。いや、そうでもないか。不肖の見習いの見守りは、最後まで続くのだ。だが。

暇である。

「七隈先生」

「なんだい」

「暇でしょ」

「そんなこともないさ」

「このあと茶山さんと話すでしょう。その後は夕食です。寝て起きたら朝食です。さよならです。先生はそれで報酬がもらえるならいいって、いってましたが」

「そんなことは……、おや?」

六本松が歩いて来るのが見えた。

「七隈先生、さっきのアリバイの確認、納得できましたか?」

私は首を振る。

「まあ、確認としては雑だったね」

「ひとつ提案があるんですが」

「いってみなさい」

「暇つぶしに、もう少し皆さんの話を聴いてみませんか」

暇つぶしに、律の提案に乗ってみることにした。皆も退屈しているだろう。

## 8

私たちは六本松を律の部屋に招いた。案外、抵抗を示すことなく彼は受け入れて、

「私もカウンセリングまでは間がある。探偵さんらの話が聴けるのなら、協力しようじゃないか。だいたい、あんな雑なアリバイの確認があるかね」

そういえば彼は他殺説を持ち出していた。

「六本松さんはどう思われますか？　賀茂さんは自然死か、それとも他殺なのか」

セイウチは右手で顎を撫《な》で、

「一度は自然死と判断しかけたんだから、癌で死んだと考えるのが妥当、そう妥当だろう。ただ、それにしても引っかかる点はある」

「ほう。というと」

「数時間前まで飲み食いしていた男が、その夜に息を引き取るなんて、偶然が過ぎるんじゃないかね」

「しかし、いつ死んでもおかしくない人の集まりでしょう」

「ずいぶんストレートな言い草だな。……ああ、そうだ。招かれた人はもちろん、会

長自身、余命いくばくもない身だと聞いている。確証はないがな」

「六本松さんは、どうして今回ご参加を？」

「癌の手術を終えたら、少しずつ社会復帰していこうとしたところへの余命宣告だった。死期を知りたいという私の願望に添ったものではあったがな。少なからずショックはあったし、それが癒えたかどうか自分自身、よくわかっていない。そんな折、この会の話を耳にした。元精神科医のカウンセリングに興味があったのと、探偵の話に興味があったのと、そんなわけだ」

「ご自身の病気をおしてまで来られたのですね」

六本松は眉をひそめる。

「二つ、誤解がある。第一に、家でも会社でも、医者が常駐しているわけではない。その点、今回はいつ死んでもおかしくないとはいえ、隠居している医者と現役の医者が来ると聞いていた。ならば、いざというときの安心感は自宅よりここのほうが高いと考えた」

私は手で顎を撫でてみる。精神科医の茶山が終末期の臨床の場でどれほど動けるか不明だが、検案や全体の指揮、統率の取り方などは、年の功といったところだった。それと次郎丸先生は高齢とはいえ現役の医者だ。なるほどその安心感は決して小さいものではないだろう。

「もうひとつの誤解というのは？」

六本松は律のほうを見て、

「探偵助手君。余命一年以内の集まりなのに、ずいぶんと元気そうだとは思わなかったかな？」

「めっちゃ思いました」

「茶山さんもいっていたように、余命宣告というのは曖昧で概して当てにはならないものだ。もちろん本当に瀕死《ひんし》の人は病床に臥《ふ》せているだろうし、点滴の管が何本も繋がっているだろう。だが私たちは、少し異なる。手術や化学療法を終え、今は基本的に自宅療養に通院を重ねる身だ。健康上の指標があるのかどうか知らないが、とりあえず現状、落ち着いているとみなされた身なんだよ。それがあんなふうに、急に息を引き取るものかね？　それも癌で」

「ちょっと不自然ですかね」

それに私が返す。

「急変のリスクは念頭に置いて然《しか》るべきでしょう。急変を含めた上での『落ち着いている』かもしれません。賀茂さんの健康状態がどの程度だったのか、茶山さんに訊いてみましょう」

「ちなみに六本松さん、昨夜はどこで何をされていましたか」

律が問う。

「知ってのとおり夕食のあと館見学に参加した。そのまま遊戯室で次郎丸さんとポーカーをしたり雑談をしたり。二十三時前に部屋に戻って、シャワーを浴びて寝た」

遊戯室までは私たちの行動と合致している。

「では、仮に賀茂さんが他殺だったとして、殺害方法は何だと思います？　やはり毒ですか」

「そうだろうな。針に仕込んだのでないのなら、服毒だ。その可能性は否定されていないのだからな」

「ごもっともです。では、毒の種類と、投薬方法については？」

「遅効性の何かだろう。詳しくはわからない。方法は、そうだな。タイミングはいくつかあっただろう。最も怪しまれずに投与できるのは料理人。千崎だ。給仕も仕事だったから、彼女以上の適役はいまい」

「なるほど。適役ですか」

適当に相づちを打ったところで、

「それから、あなたがた」

「僕たちですか？」

「遊戯室で紅茶をカップに注いだのは千崎。それを手伝っていただろう。紅茶に毒を盛ったとしたら、あのタイミングでもいいわけだ」

　昨夜の場面を思い出す。桜子が紅茶を注ぎ、私はミルク係だった。律がソファ組の茶山と橋本にカップを渡し、賀茂、六本松、次郎丸先生の分は麻雀卓に置いておいた。各自取ってもらう方式だったはずだ。六本松が、

「賀茂さんは隅で黙々とビリヤードをやっていたな。熱中していて、あるいは球の位置によっては、麻雀卓に背を向けるタイミングもあっただろう。私も次郎丸さんとポーカーに夢中だったし、紅茶に終始目をやっていたわけではないからな」

「ですが、紅茶やミルクを注ぐのも、あるいは運ぶためにカップを持つのも、麻雀卓に向かってやっていたことです。私、彼、千崎さんのいずれかが犯人だとして、他の二人の目を盗んで毒を入れるのは、いささか難題に過ぎはしませんか」

「二人の共犯かもしれない。それとも、コックを含めた三人の」

「それならば完璧ですね」

　私は、心の中で彼に強い拍手を送った。大胆な想像は嫌いではない。ただし事実と異なるので、否定せざるを得ないが。

「あのとき私たちは互いに視線を外すタイミングがあった。百パーセント監視し合っていたわけではない。なるほどそれも可能性としては、ありですね。

　ただ、昨日出会ったばかりの千崎さんと共犯を組むというのは、突飛で現実的とは

いえませんね」

「逆に訊くが、お二人はどうお考えかな？　もし殺人事件だったとして、その方法と犯人は誰なのか」

律は私の方を見て、それから口を開いた。

「第一発見者を疑うという鉄則に従えば、茶山さんでしょう。勝手知ったる館、マスターキーを持っていますし、その上主宰者でもある。ですがその後の言動と照らし合わせると矛盾が生じます。犯人だとすれば、自然死で片付けたいはずですからね」

六本松はふむ、と頷き、

「検案は二人でおこなっただろう。その後の言動は措くとして、次郎丸さんの目を欺けるのか」

「だから共犯ですよ」

ははっ、と六本松は前歯を見せる。

「あまり話題にならなかったが、他の二人、橋本と南はどうだ？」

「今のところあの二人は印象が薄いですが、このあと話を伺うつもりです」

「そうかね」

六本松は小さく息を吐いた。

「そうだ六本松さん、絵についてはどうお考えです？　じつは、絵を傷つけた道具はすでに見つかっているんです」

「それはそうだろう」

「というと？　ご存じだったんですか」

「……ああ、いや何でもない。だが凶器が見つかったところで、誰が何のためにやったかまでは、わからんだろう」

「六本松さん、それは彼、律君はすでにお見通しですよ」

「本当か」

「七隈先生、何いってるんです。わからないからこうして話を聞いているんでしょう」

六本松は小さく咳払いをして、

「冗談かね。いや、私にはわからん。だが、深夜のことだ。絵は誰にでもアクセス可能な位置にあった。誰にでもできる。決め手がない。そうだろう？」

「その通りです。たとえば南さんが、自身への疑いを薄めるためにやったのかもしれない」

「律君。自作自演……、いや、自作自傷とでもいうか、南さんを疑っているのかい？」

「その可能性はある、という話です」

「滑稽《こっけい》な作り話だよ。六本松さん、真に受けることはありません」

「うむ、とにかく私は関係ない。何かわかったら、知らせるとしよう」

語気がしぼむ。そろそろ話し疲れたといった感じだ。律に目配せをし、部屋に戻っていただくことにした。


鳥瞰《ちょうかん》すれば凹の字形の館の、反対側の廊下に向かい、橋本の部屋の前に着いた。予定通りならカウンセリングは終わっている時間である。小さくノックをすると「はーい」と陽性の声が返ってきた。

「はいはい、あらあら」

橋本は首を上下させ、私と律に交互に目をやる。律がいった。

「カウンセリングはお済みですか。よろしければ、少しお話を伺えませんか」

「構いませんよ。さ、どうぞどうぞ」

私、次に律の順に部屋に入る。部屋の造りはどこも同じである。一泊くらいで大差の出るはずもなく、第一印象としては私や賀茂の部屋と相違なかった。部屋の主が勧める椅子に腰掛けると律は、

「橋本さんは毎回ご参加されているんでしたね」

「ええ。といってもまだ四回目ですけれど。茶山さんのお話は毎回楽しみですし、そ

れに今回はこんな立派なお屋敷に泊めていただけると聞いて。普段は日帰りで、どこかの部屋を借りて催されていましたから」

「カウンセリングはいかがでしたか」

「今日もいい時間だったわ。やさしくて、温かい綿毛に包まれたような……。終わるころにはね、とっても心が軽くなるの。探偵さんはまだですの」

「この後伺うつもりです」

「そう。で、ご用は何？　雑談なら、それはそれで歓迎ですけど」

「いえ。今のはアイスブレイクです」

といって律はひとつ咳込む。

「本題に入ります。昨夜の行動を思い出してみてください。館見学を終え、遊戯室で談話しましたね。その後、朝まで、どこで何をしていましたか」

「まあ、その尋ね方。もしかして賀茂さんって、殺されたの？」

瞳を爛々《らんらん》と輝かせながら問う。まったく、ミステリ好きの集まりだな、と思った。

「分かりませんが、遺体が運ばれ、死体検案書が書かれれば、医学的にも法律的にも病死ということになります。ですが、万が一の可能性を見落としている可能性も、あるかもしれないのです」

「要するに暇なんですよ、彼は。ひとつ暇つぶしと思って、付き合ってあげてください」

「そういうことなら、喜んで協力しましょう。そう、昨夜は遊戯室から戻って、シャワーを浴びて寝ました」

「それだけですか」

「それだけよ。一歩も部屋から出てないわ」

「この部屋の窓の先は賀茂さんの部屋ですね。昨夜なにか不審なものを見ませんでしたか？」

「ご覧のとおり、向こうの棟との間には木があるでしょう。たとえカーテンが開いていても、部屋の様子を覗くことはできませんよ」

「なるほど。では話を変えましょう。もし、殺人事件だったとして、ですね。犯人は誰で、犯行はどんな方法でおこなわれたと思いますか」

　橋本は小さく唸り、中空を見つめた。

「可能性のないものから消去していくと……、密室から抜け出すことは不可能ですし、傷はなかったのでしょう。だったら、『犯行時、犯人は部屋の中に居なかった』ということになるんじゃないですか」

「当然、鍵を持っている茶山さんは除きますね？」

「ええ、茶山さんなら、あらゆる手段を使えるでしょうから」

上手い語り口だ。その口調はあっさりとしている。カウンセリングの恩を忘れたかのように、仮説は仮説として割り切っているようにも聞こえた。

「外傷がないのなら、服毒が一番楽で確実な方法だと思うんですけど……」

言葉が止まる。詰まったセリフが再び流れ出すように口が開き、

「でも賀茂さん、警戒心が強そうでしたし、強引に飲ませるのは無理ね。紅茶に入れるのも、食堂や遊戯室とちがって、個室では不自然でしょうしねえ」

「それに体格差もあります。賀茂さんは今回のメンバーの中で一番背が高いです。誰にとっても、見上げる形になります。そんな体格差で、力ずくで襲うのは難しいでしょうね」

「眠らせてからではどうなのかしら。ほら、クロロホルムを嗅がせるとかで」

「嗅がせようとする行為自体、体格差で避けられるでしょうし、そもそも吸入麻酔に、そんな速効性は期待できません」

「そうですの」

「ところで橋本さん、ホールの絵についてですが」

と律が切り出すと、

「まあ、あの絵。少しばかり雑な、いえ荒っぽいタッチでしたけれど、私好きでしたよ。でも残念ね、あんな酷《ひど》いことされるなんて」

「何か事情をご存じではないですか」

「まあ、仮に私が犯人だとして、名乗り出ることはありませんけれど、目撃者だとしたら、これはもう、真っ先に名乗り出ますわ」

そんな性格が全身から滲み出ている。

「そうですか、そうですよね。じつは、犯行の道具だけはすでにわかっているんです」

「まあ、何ですの」

律は高枝切りバサミのことを話した。橋本の顔の前で、哄笑が爆《は》ぜた。

「うっふふふ……、うふ、まあ、私としたことが、失礼」

「どうしたんです」

「高い所のものを傷つけるのに、高枝切りバサミだなんて。安直といいますか、ずいぶんとシンプルな発想の犯人だこと。いえ、笑っては失礼ですよね。犯人さんに」

「アッハハハ、そうですね。ですがシンプルな発想ほど難解なものもありませんよ。案外、奥が深いのかもしれない」

「ともかく、私は絵については何も承知しておりません。何かわかったら、ぜひともお教えくださいね」

「ええ、約束しますよ」

橋本に礼をいい、部屋を出た。

時計を見れば、そろそろ南のカウンセリングが終わるころだった。だが律は直接彼女の部屋に向かわず、厨房に足を運んだ。自分たちだけでは、つっけんどんに返されそうという判断からだった。桜子を仲介につけようというわけである。

だが厨房に求める姿はなく、踵を返して廊下を進み、律は桜子の部屋のドアをノックした。中から小さな声が返ってきたので律がわけを説明する。

「春奈ちゃんと？　うーん、ま、声かけるくらいなら。ちょっと待って」

といって、桜子が部屋から出てきた。

彼女に先頭を引いてもらい、南の部屋に向かう。ノックし、返ってきた声に桜子が応える。無視されるか断られるかと思ったが、長い沈黙の末の南の返事は「ちょっと待ってください」だった。どのくらい待てばいいのだろう。半日か、数日か。ここでは話しづらいと判断したのか、桜子が、

「じゃ、遊戯室で待ってるね」

と言い置いて、歩を進めた。再び彼女についていくことにする。

遊戯室に入り、室内をぐるりと見回す。ビリヤード台、麻雀卓、壁沿いのソファ、それに小テーブル。配置はどれも昨夜のままだ。

「僕、お茶か何か淹れてきますよ」

「何かって、毒じゃないだろうね」

「冗談きついですね。慣れてますけど」

「あの、招待された方にお手間取らせるわけにはいきません、紅茶でよければ、私が」

といって桜子が席を立った。

ほどなく戻った桜子の手には紅茶の載った盆。そして彼女の背に隠れていた南が顔を出した。

「……なんですか、話って」

「まあ、座って」律が二人をソファへ促す。そして、

「それで南さんは昨日、あの後、何をしてたのかな」

「部屋に戻って、日記を書いたり動画観たりして寝ました」

「日記？」

「その日の体調とか、出来事とか、簡単にまとめているんです」

「へえ。南さんはお若いけど、その、癌？」

律の不躾《ぶしつけ》な問いに、ねめつけるような視線を返す。

「……いいわ。教えてあげる。昨日は、オジサンが多かったし、好奇の目で見られる

のも好きじゃないから黙ってたけど。

癌じゃありません。私は、完全大血管転位といって、すごく簡単にいうと、心臓の部屋が左右逆なの」

「ああ」

南の話を要約すると、心臓に四つある部屋のうち、左心室と右心室が入れ替わっているのだという。

通常、肺で酸素を受け取った血液は左心室、大動脈を通って全身へと送られる。そして全身から還《かえ》ってきた血液は、右心室から肺動脈を経て肺に送られ、また酸素供給を受けて左心系へと還る。

ところが南の場合、肺で酸素を受け取った血液はそのまま肺動脈へ送られ、逆に、全身から戻ってきた血液はまた全身へ送られるのだという。

私は彼女の体内をイメージした。ぐるぐる、ぐるぐる、血は巡る……。

「巡っていない」

「どっ、どうしたんですか先生」

「今の話だと、血液は同じところを回っているだけじゃないか。酸素なしで生きてはいけまい？」

「そう。で、肺動脈と大動脈をつなぐ動脈管という血管があって、これは生後すぐに自然に閉じちゃうんだけど。私の場合、これのおかげでなんとか生きてこられたの」

「閉じないように、点滴で開いた状態を維持しておくんです。それで、成長したら頃合いを見計らって、手術をする」

言い終えて、南は両手を膝に乗せ、目線を落とした。

つられて私も視線を下にする。すると彼女の指が目に入った。

それは、ひとことでいえば「奇妙な指」だった。指のつけ根は普通だが、指先が丸く膨れている。マラカスのような、でんでん太鼓のような、なにか第一関節から先だけ別の器官であるかのような錯覚を覚えた。白い顔と対照的に指先は青く、そして黒い。私たちの視線に気づいたのか、南が口を開いた。

「これ、ばち指っていって、酸素の巡りがうまくいってないと、指先に出ちゃうの。太鼓のばちみたいに見えるから、こう呼ぶの」

でんでん太鼓でなく、太鼓だったか。なんでも、酸素化されない赤血球が一定量以上に達すると、チアノーゼになるそうで、チアノーゼが進行すると、こういう指になることもあるという。理解できたような、できていないような。医学的なことは私より律のほうが明るい。

「私、小学校のとき周りから距離を置かれていました」

俯き、ぽつりぽつりと語りだした。

「入退院をくり返してたし、顔色が悪かったし、周りと打ち解けられなかったりと、いろいろ理由はあると思うんですけど、一番はきっと、涙のせいだと思います」

「涙?」

「涙が出ないんです。哀しくても悔しくても。それで、ついたあだ名が『鉄の女』」

「そういう体質で?」

「はい。今は、無理に泣こうと思えば泣けます。ただ、小さいころは、まったく。泣いたら死んじゃうんです」

「泣くと死ぬ?」解せぬ論理である。

南は静かに首を振る。

「泣くと過呼吸になりますよね。その間、肺にはほとんど酸素が取り込まれないんです。ただでさえ酸素の薄い身体に酸素が行き渡らなくなったら、それは致命的です。一度泣いたら、一分や二分は泣き止みませんからね。だから、小児科の先生や看護師は大変みたいですよ。私みたいな人、ぜったいに泣かせないようにって」

「そりゃ大変だ」

「爪を反対の指でつまんで、五秒待って、離すでしょう」

言葉どおり、南は左の親指と人差し指で右の人差し指の爪をつまんで離した。

「血液の再充満時間は二秒以内。白くなった爪の先が、二つ数える内にもとの色に戻れば、正常な循環が保たれているっていう目安なの。私のは、ほら」

何度かつまんでは離して、をくり返す。青黒い指先を飾る肥厚した爪は、圧迫中こそ白さを見せるものの、二秒を待ってももとの沈んだ色には戻らない。四秒ほどでようやく回復した。

私も真似してやってみた。爪を押さえる。爪の内側がうっすらと白くなる。離して一、二秒。戻った。循環は正常だ。律も同じ疑問を抱いたらしく、

「南さん、転位した大血管は、手術されたんでしょう」

「はい。何度も。あまり覚えてませんけど」

「だったらどうして、まだチアノーゼが残っているんです？　根治してないんですか」

「私の場合、血管を入れ替えるんじゃなくて、右心室と肺動脈を、自分の血管でつなげる手術だったんです。だから、完全に正常な血の流れではありません。全身へ行くべき血液と全身から戻ってきた血液は、一部混ざり続けたままなんです」

「その状態で今まで生きてきたんだね」

「はい」

「それでなんで、余命宣告を受けたの？」

「心臓のつくりが変わってるのは、完全大血管転位だけじゃない。左心室——全身に血液を送り出す部分——がもともと小さくて、これも、今までは誤魔化しながらなんとかなってたけど、限界に近づいているみたいなの」

「そうなんだ」

律は軽く相づちを打ったあと、疑問が去来したようで、

「病気のことはよくわかった。失礼だけど、その状態で退院ってできるものなんだね。ほら、癌患者なら飲み薬で治療することもあるだろうけど、心臓の病気は、点滴につながれてずっと入院しているイメージだったから」

「心臓の終末期専門の、在宅医療をしてくれるクリニックがあるんです。東京と大阪のが有名なんですけど、去年うちの近くにもできて。点滴をつないだままの自宅退院を支援してくれるところで、私も二か月前まで点滴付きだったけど、今は飲み薬だけで落ち着いています」

といって南はピルケースを取り出した。薬の時間らしい。色とりどり、大量の錠剤が半透明のケースの中に仕切られている。

「断っておくけど」

とケースの中を我々に見せる。

「カリウムの錠剤なら、飲んでます。病気で血液中のカリウムの数値が低いから、補

うために」

「低いとどうなるんです？」

「吐き気がしたり、ひどい時には力が入らなかったり。極端な例だと不整脈が出るみたいですね。高くても低くても。そこまでは、なったことないけど。こんな心臓だから、不整脈は命取りになるって医者にいわれているんです」

「そうでしたか」

「でも一日一錠ですし、予備の分もこの通り、しっかり保管してあります」

といって薬を嚥下すると、一瞬、渋面を作った。

「どうかした？」

「いえ、何でも。カリウムって苦いからひと息に飲んじゃうんですけど、今はうまく飲み込めなかっただけです」

澄んだ顔でこちらに目をやった。

なるほど茶山のいったように、終末期とはいえ落ち着いた時期というのはあるらしい。さもなければこんな集会も開けないわけだが。

律はひとつ咳払いをし、

「話、変わるけど、こうして話を聴きに来たのには、まだ理由があってね。賀茂さんの死が殺人だったとして、二人は誰が、どうやったと思う？」

南は目を丸くして、

「だって、あれは癌で死んだんでしょう」

「だから、仮定の話だよ。……それにしても、あれって」

「気に障りました？　ごめんなさい、わざとです」

澄ました顔して詫びる。

「春奈ちゃん、どういうこと？　賀茂さんとは初対面でしょ？」

「会うのはね。昨日が初めて。でもアイツ、会のチャットで私が年齢と性別を明かしたら、『写真を送ってくれ』とか『今度会えないか』とか、気持ち悪いことばっかり送ってきたの。どうせそろそろ死ぬくせに。昨日の食事のときも、あの人に注目されるのが嫌で自己紹介をさっさと済ませたのに、こっち見てくるし、せっかくの桜子さんの料理、味わえなかった」

これまでになく切れのいい語調に、言葉に宿る憎悪を感じた。

「でも賀茂さんが参加するってわかってたんだよね。それでも参加しようと思ったの？」

「今回は、私のほうが先に行くって決めたの。桜子さんに会えるし。料理も食べられるし。そしたらあの人も参加するって言い出して。ふだんのやりとりでは、こういう会合みたいなのは敬遠するタイプの印象だったし。引くに引けないし、まさかアイツも皆がいる中で下手な真似はしないと思ってたんだけど」

そこで一度言葉が切れた。俯きの角度が深くなり、

「昨夜、私の部屋に入ろうとしたの」

「なんだって」

これは私の、心の底からの驚きと疑念の叫びだった。

「日付が変わる前だったと思う。ノックの音がして、私の名前を呼ぶ声がして。ドアを開けたら、アイツだった。怪しまれないように音声ソフトで茶山さんの声を騙《かた》っていたの」

場面を想像してみるが、恐怖しか芽生えない。唇が一段と青みを増した気がした。

「全力でドア閉めて、なんとか助かった。さすがに強行突破はためらったのか、あと一日あると思ったのかどうか知らないけど。そのあと、アイツがいなくなったのを確認して、茶山さんのところへ行ったんです。事情を話すために。茶山さんは明日、つまり今日厳重に注意するっていっていましたけど、こんなことになって。……とにかく、あの男を恨んでる人なんて、きっと私以外にもいるんじゃない」

「以前のやりとりで年齢や性別を明かしたのは、君だけじゃないんだね？」

「はい。新しく入った人は軽く自己紹介をしてたから。あいつは古参だし、他のメンバーのことも知っていたはず」

ということは、南と同じケースで関わりがあったとすれば、若い女性ということになる。桜子は会員ではないし、橋本は四十代くらいか。同年代くらいの賀茂から見て橋本は少なくとも若くはない。それに、先の聞き取りではそんな話はなかった。

「南さん」

私は彼女を諭すように、ゆっくりと口を開いた。

「今の話、どこまでが本当で、どこからが作り話なんだい」

「七隈先生、何をいっているんです」

「いいから、答えてごらん」

「どこまでも何も、事実です」

「ストーカーまがいの男が参加するかもしれない会に、君は参加を決めた。そしてその男が偶然死んだ」

「都合がいいって、いいたいんですか」

私は目を閉じて首を振った。南は澄んだ口調で、

「人が死ぬのは二つに一つ。寿命を含めた不確定要素か、あとは誰かの都合。そうでしょう」

「そういう話は、嫌いじゃない。ただ、にわかには信じられない、受け入れられなかったからね」

重くなった空気を厭ってか、紅茶をひと口含んでから律は、

「じゃあ、犯人が誰かは措くとして、どんな方法が考えられるだろうか」

南の口が貝のように閉じる。無言の間が数分流れる。

失言を恥じたか、思いついたようにして律が、

「ああ、ごめん。仮に、の話だから。それにしても気に障ったなら、そう、ごめん」

と、なんだかわけのわからない謝罪を述べた。

インスリン以外の糖尿の薬に、死に至らしめるほど強力なものはないはずだ。そしてそれは抗がん剤も同じで、服毒を考えたとき、可能性が高いのは南の持つカリウムの錠剤だ。一つや二つ飲んだくらいでは死なないだろうが、より多ければどうだろう。たとえば正常なカリウム値の人間が、擦り潰した錠剤を一度に十錠分も飲めば、心臓を止めるのに十分ではなかろうか。数はしっかり管理しているというが、余分に持ってきている可能性は排除できない。

「わかりません。勝手に死んだんだと思います」

「私もちょっと。ミステリは苦手で」

「いや、いいよごめん。他になにか思いついたら、いつでも聴かせて」

私は律を一瞥した。まだ聞きたいことがある様子だ。話というのは話し手だけでなく聞き手も疲れるものだ。桜子も南も疲労の色は見せないが、お付き合いするのも時

間の無駄だろう。

紅茶を嚥下して、今度は桜子が、

「それより春奈ちゃん大丈夫？」

何が、とはいわなかったが、賀茂の話が終わった今、内容は絵のことだろう。

南の眉間がわずかに動く。作者なのだし、気になるのは当然か。

「あんなことになるなんて、私、許せません」

言葉の端に怒りが読み取れる。

「絵は、傷ついてもまた描き直せばいいんです。……もっとも、そんな時間残されていないのかもしれませんが。それより、あの絵を壊されたことが私、どうしても許せなくて」

セリフの端に、沸き立つ怒りが感じられた。モデルとなった人間がいる。しかも大切な人だ。絵を傷つけられたことはつまり、その彼女を傷つけられたも同然なのだろう。

「私にとってあの絵の傷は、桜子さんが傷つけられたことと同じです。死者だけならまだしも、生者を切り刻むなんて、耐えられません」

といって涙ぐむでもなく、きっと口許を閉じてどこか虚空をねめつけた。生にしがみつこうとする、鋭い眼差しのように見えた。

「あ、でも春奈ちゃん、凶器、というか絵を傷つけた道具ならわかったんだよ。探偵さんが見つけてくれたの」

「そうですか。どうでもいいです。それより、誰がなぜやったのか、それが知りたい。どうです、探偵さん」

「残念ながら、今はまだ」

「そう、ですよね。でもあまり気長に待ってもいられません。せめて、私が死ぬ前に……」

それから言葉を継ぐ者もおらず、座は沈黙した。

このあたりが潮時らしい。紅茶の礼をいい、私と律は遊戯室を出た。

## 9

律を引き連れて次郎丸先生の部屋のドアを叩くと、来訪者を訝しむようにゆっくりと解錠された。ドアが開き、中から「どなたか」と声が届いた。

「七限です。それと不肖の見習いも」

「やあ先生ですか。どうなさった」

「少し話を伺いたくてですね。いえ私でなく、彼が」

次郎丸先生は鋭い視線を背後の律に送った。昔のこともある。話すようなことは、そう多くないのかもしれない。だが先生は、

「構わんよ。七隈先生も同席されるのだろう」

「ええ、もちろん。彼一人ではありませんよ。彼は大事な手足であり、見習いの身分ですからね」

「だったら二人とも入りなさい」

内開きのドアが大きく開く。まず私が入り、律が続く。促された椅子に律は腰掛け、

「すみません、話というのはつまり、賀茂さんのことなんです」

「彼は今、別室に安眠されておる」

「次郎丸先生から見て賀茂さんは、やはり病死だったのでしょうか」

質問の意味を摑み損ねたのか、次郎丸先生は顎を掻《か》いて首を傾げた。

「つまり彼は、他殺の線はないかと、性懲りも無く疑っていると、こういうわけなんです」

「殺人だったと？　君が？」

「ええ」

「ふむ。だとしたら相当に周到な犯人がいたものだ。何といっても死因不明だからな」

その言葉に私は引っかかった。

「周到？　先生は、この犯人は周到とお考えですか」

「ま、そうだろう。ところでその言い振り、七隈先生はどうお考えで」

「周到ということにしておきましょう」

「何だか微妙な言い回しですね。ところで次郎丸先生、賀茂さんと面識はありませんでしたか」

律の問いかけに次郎丸先生の鼻筋がピクリと動く。食堂でのアリバイ確認の際、次郎丸先生は不在だった。隠された関係性なるものが存在しているのかもしれないと律は考えたらしい。

「薬院君。その言葉……儂を疑っておるのかな。開業医である儂なら、注射器も薬も自前のものを使い放題だと、そういいたいのかな」

思いがけず先生は語気を強めた。

「いえ決してそんなわけでは。ただ、皆さんに伺っているまでです」

「なぜそんなことを君が？　それは意味のある問いなのかね」

「意味って……」

「次郎丸先生。彼はそう、ただの暇つぶし、退屈しのぎをしているに過ぎません。いわばお芝居です。でしたら我々も彼の芝居に付き合ってあげようじゃありませんか」

律が横から私を小突く。

「七隈先生もこっちの立場でしょ」

「寛大だな。意味があるとは思えんが、まあよろしい。答えて差し上げよう。儂と賀茂との関係性は……、ある」

「ほらやっぱり……、ってあるんですか」

律は呆《あき》れたような驚いたような、奇妙な顔を作った。

「何を今さら。うむ、隠しておいても仕方あるまい。それに喋っても、儂の立場が変わるわけでもない。ならばはっきりさせておこう。お二人は、彼の職業をご存じか」

「自己紹介のとき、記者だといっていましたよね」

「犯罪ジャーナリストでしたね」

「うむ」といって先生は顎をさすった。私が返す。

「彼、探偵界隈《かいわい》ではちょっとした有名人でしたからね。大ネタは扱わない。マスコミにも取り上げられないような、あるいは忘れられた事件を追って記事にする、それが彼の仕事だったようですね。それとどうも印象が先走りますが……、ずいぶん取材が執拗《しつよう》だったみたいですね、彼。ジャーナリストとは、そういうものなのでしょうか」

これには律が口を挟む。

「七隈先生。僕も寡聞にして知りませんが、ひとくくりに考えるのは、よくないでしょう。ただ賀茂さんの取材がそういう性質だった、と留めておいた方がよいのでは」

「いや薬院君。七隈先生のいうとおりだよ」

すると次郎丸先生は顔の前で両手を組み、そこに顎を乗せた。神妙そうな面持ちである。

「彼の仕事は決して綺麗なものではなかった」

「その言い振り。何かご存じのようですね」

「逆に問うが薬院君。君は彼を知らないのかね」

律は首を振る。

「そうか。君は面識がなかったのかな。儂はひどく付け回されたよ。あの男にな」

それから次郎丸先生はとつとつと語った。

「はじまりは二、三年前だったか、儂の昔の論文に、不正があるんじゃないかと、こう嗅ぎつけてきた」

「犯罪ジャーナリストなのに、ですか」

「最初はな、医療ジャーナリストとかいう知人と一緒に儂の元に来たんだ。賀茂自身にそこまで深い医療知識はない。だが犯罪を嗅ぎつける鼻がある。彼にとってみれば、金になれば何でも良かったんだろう。知人のジャーナリストが記事に仕立て上げることができたら、原稿料を幾分か頂戴する取り決めだったらしい」

「へぇ、それで」

「いくら調べようとも、質問されようとも、彼が記事を書き上げることは叶わんかった。儂は不正をやっておらんし、その証拠がないから当然といえば当然だが。それで、次第に二人は儂の元を離れていった」

「なるほど面識があったわけだ」

「まあ待て。続きがある。賀茂は確かに姿を見せんくなった。だが再び現れた。去年のことだ」

「去年というと」

「紗耶香だよ。町医者の跡取り候補が若くしてこの世を去ったとて、地方新聞にも載らんだろうがな。奴はそれを記事にしようとした。面白おかしく書き立てようと、そう考えた。ネタに困っていたことだけは、間違いなかろう」

次郎丸先生は律の方を見た。元婚約者にこの話は、どう響いているのやら。

「それで根掘り葉掘り聞かれたよ。軽く受け流したがな。だが一点だけ、儂にもわからんことが残っておった。賀茂は、その点もよく調べておった」

「どういった点です」

「紗耶香は高所恐怖症だった。それなのに、神社の石段から転落して死ぬなんてことがあるだろうか、と」

「その点は僕も不審に思いました。普段、高い所に近づこうとさえしませんでしたから。家を建てるなら平屋がいい、なんていっていたくらいです。初詣《はつもうで》なんかで石段を登ることがありますよね。そういうの、僕と、いえ僕でなくても誰かと一緒なら平気、とはいっていました。話しているうちに気が紛れるからと。ですが一人となると……。ですからあの夜は、そういった所につい行ってしまうほど、精神的に参っていたのではないかと、そういう結論になりましたよね」

「うむ。それは前にも儂に聞かせてくれたな。それで儂も、賀茂にそう説明した。それで彼は納得したのか、儂の前から姿を消した。そして次に会ったのが、昨日というわけだ」

言葉尻がしぼむ。それで結局、次郎丸先生自身は、納得したのかどうか。

「次郎丸先生、じつは……」

中空を見据え、それから先生の目を見て、一度、深呼吸をした。

「私は知っているのです」

「何を？」

場に重い空気が停滞する。律が唾を飲む音が聞こえた。

「紗耶香の、死の真相を」

「本当ですか？　だったらなぜ、僕や次郎丸先生にいってくれなかったんです」

「まあまあ薬院君。落ち着きなさい」

「次郎丸先生は落ち着いていられますか」

語気を強める律と対照的に、次郎丸先生は悠然と構えていらっしゃる。

「ご覧、律君。君も先生くらい落ち着いたらどうだい」

「いや、しかし」

「薬院君。冷静に考えてみなされ。今になって七隈先生が孫の死の真相を知っておるとおっしゃる。一年も経っているのにだ。そんなことが、あると思いなさるか」

「そんなことが……、まさか、七隈先生」

「いや、冗談だよ。そろそろ私の冗談に慣れてきたと思ったんだが。どうやらその様子だと、真に受けたみたいだね。失礼、反応を見たくてね。ここでしか言えない話だし」

律はその目に怒りと落胆と、もろもろの感情を込めているようだった。

「先生、シャレや冗談で済むことと、そうでないこととありますよ」

「そうだね。その通り。よくぞいってくれた」

「まあまあ薬院君。気を落としなさるな。儂も徐々にだが、紗耶香の死を受け入れつつある。孫の死に真相があるとして、それが暴かれることが必ずしも良いこととは限らんよ」

それは心からの声だったはずだ。律にはどう響いただろうか。そういう次郎丸先生は口調こそ穏やかだが、口角は、普段より下がっているように見えた。

「ま、そういうことさ。律君。そろそろ茶山さんと話す時間だね。……おや、まだ怒っているね。好奇心は延命の薬だが、興奮は早死にを誘うぞ」

何も返さない律を無視して、私は部屋を後にした。

10

ノックすると、「どうぞ」と返ってきた。

茶山は窓を背に座っていて、彼の前には対話相手用の椅子が置かれている。両者を隔てる小テーブルには、人数分のコーヒーカップ。

「カウンセリングはお済みですか」

「はい。たった今」

「それで、私たちはどんな話を聴けるんですかね」

「他の方々と同じですよ。ただ、初めてなので嚙み砕いて説明をして差し上げますが」

茶山が柔和な顔でいう。つられて私も頬を緩める。律はどうにも硬かった。ばからしい限りだが「仮想・賀茂殺し」の容疑者の一人なのだ。緊張が顔に満ちているのがわかる。

「僕たちからも訊きたいことがあるんですが、よろしいですか」

「先に伺いましょう」

「では」と唾を飲み込んで、律はいう。

「まず、賀茂さんの健康状態はどの程度だったのですか。臨終に近かったのか、それともまだ少し予備力は残っていたのか」

「二泊三日のこの会に参加するだけの体力はあったと思います。ですが、そんな状態でも急変してしまうのが癌、そして終末期というものです」

「死の前夜に、ビリヤードをしていてもですか」

「前日にトライアスロンをしていた例もあるくらいです。それくらい、好不調の起伏が激しいのも特徴といえますね」

　癌ならば、むしろじわじわと進行するイメージだが。それこそ茶山のでまかせかもしれない。口にこそしないが、律の目はそう問い質《ただ》そうとしているように見えた。

「訊きたいことはそれだけですか。でしたら私から話しますが」

　律は黙って頷く。

「賀茂さんの話も出ましたし、本題に入りましょうか」

「え、ええ」

主導権を奪われた形だが、こういうとき反論を切り返せないのが律の弱いところだ。まあ、仮構した事件の話を延々続けても実りはないともいえるが。

「この〈かげろうの会〉の目的は、ありていにいえば終末期にある患者さんに、安らかな気持ちで過ごしてもらうこと。そしてそのための手法がカウンセリング、対話です」

茶山は席を立ち、カバンから一冊の本を取り出した。机に置き、われわれに差し出す。

「カウンセリングの基本にしているのが、この本です」

白く淡い表紙の本の題名は『死ぬ瞬間』。著者は、エリザベス・キューブラー・ロスとあった。

「著者は、死とその瞬間を見つめた精神科医です。この本はもう五十年以上前に出版されたもので、もちろん当時と今とでは医療を取り巻く状況は大いに異なりますが、終末期患者の抱く思いは変わっていないと思います」

律は本を手に取り、パラパラとめくる。私はそんなことはせず茶山に問う。

「どういった内容なんですか」

「死に直面した、あるいは余命宣告を受けた患者およそ二百人に面接や取材をし、彼らの心情——絶望や希望、葛藤などですね——を綴ったものです。そして、終末期患者の心を覗いていった彼女は、死に直面した人間の心理を分類していきます」

　本をめくっていた律が手を止め、

「あ、ほんとだ。死とその過程に対するさまざまな姿勢、とあります」

「おそらく世間的なイメージでは、余命宣告を受けた、イコール絶望、といったところでしょうか。ですが感情の動きはそう単純ではありません。いきなり絶望に呑み込まれることがあったとしてもそれは一時的なもので、ほどなく、ある過程を辿ることになります。それをロスは明らかにしました。俗に『死の五段階』と呼ばれるものです」

「死の五段階？」

　茶山はひとつ咳払いをして、

「否認、怒り、取り引き、抑うつ、受容の五つです。

　余命宣告を受けた、あるいは死を悟るとまず、事実を否認しようとします。まさかそんなはずはない、なにかの間違いではないのか、と。これは、意識的にせよ無意識にせよ、自己の精神を守るための防衛メカニズムと捉えられます」

「防衛メカニズムですか」

「ああ、少々専門的になってしまいましたか。たとえば『あと一年です』といわれて

『はい、そうですか』と返す人はいないでしょうが、もしそんな人がいたら、その人の精神は正常ではないでしょうね。ふつうの人間は余命宣告のストレスに圧倒されてしまいます。そのストレスを緩和させるためのプログラムとして、まず否認の感情が芽生えるのです。そんなはずはない、なにかの間違いだ、とね」

「なるほど」

「ちなみにこの『死ぬ瞬間』では、宣告を受けた当事者に絞った話だったのですが、後年発表された著書では周囲を取り巻く人の否認感情にも言及しています。

それと誤解されやすいのですが、否認は、というより『死の五段階』は、決して負の感情ではありません。むしろ負の感情に立ち向かうための心の動きと捉えてください」

「わかりました。次はええと、なんでしたっけ」

「怒りです。悲嘆、苦痛、孤独、パニック。そういった感情の最前線に怒りが見え隠れするようになり、しだいに表在化してきます。怒りの対象は医療者であり友人であり、家族、ときには自分自身にまで向けられます。『どうして自分だけなんだ』と」

「めったに怒らない、寡黙なタイプもいるでしょう」

「口にするか否かはさほど重要ではありません。本人がどう感じているかが大事です。それに怒りを感じることは、心の安寧に向けて前進している証拠でもあります。それまで抑制されていた感情が浮上して表れた形なのですから。言い換えれば、否認によってもたらされた、喪失という無の状態にかたちを与えるものでもあります。その意味で怒りは、安定に役立つ錨《いかり》にもなりえます」

「ちょっと難しかったですが。つまり怒りは前進に必要な段階であり感情であると。それによって安定を得られると」

「はい。ただしこの時点での安定は一時的なものです。まだ先の段階がありますから。次は、取り引きです」

「否認や怒りとちがって、想像しにくいですね」

「ここはとくにキリスト教的なスピリチュアルな側面が強いですね。自分や愛する人が助かるなら、どんなことでもすると、信仰の対象と取り引きをするわけです。ロスの本の場合、それはもちろん神でした」

「信仰の対象をもたない場合は？」

「医者やカウンセラーに向かうことが多いですね。ただ、取り引きは自身の中で完結して言外に出ないケースも多いですし、そもそもの期間がそう長くはないです。そのため周りはその経過に気づかず過ぎていくこともあります」

「取り引きによって何か得られるんですか？」

「日本人にはイメージがしにくいかもしれませんね。正直、私も理解が及ばない部分はあります。宗教観のちがいと、自分の患者さんや会員でこの過程にある人と接したことが少ないですから。

簡潔にいえば取り引きそれ自体は、患者がなんとか生き永らえようとする行為です。そして次のステージへの橋渡しでもあります」

「次というと、ええと」

「抑うつ。空虚な感情が浮かんでくる時期です。患者は悲しみの霧の中に取り残され、大きな喪失感に直面します」

「よくない兆候ですね」

「そのとおり、臨床的に見て抑うつはよくない傾向であり、矯正すべき状態です。ただ、否認と同様に、死の受容過程にある人にとっては抑うつもまた、自身の精神を守る適応反応とみなせます」

「あくまで自然な反応、というわけですね」

「ええ。ただ、過度な抑うつは心理的負担にもなりえます。だから私たちとしては、緻密《ちみつ》な対話をとおして抑うつに傾きすぎないように対応していく必要もあるのです」

「というと」

「カウンセリングではその人の過去、現在、未来を話しますが、私の場合、過去から現在にかけての経過を重視します。その人がどういった変化を辿ってきたのか。それをくみ取ります。そこで、深い抑うつにあると思ったら、落ち着かせる言葉をかけたり、過去の事例を紹介したり、睡眠が得られていないようならば、薬を勧めることもあります。抑うつの程度を見極める。個人差もあって難しいところですが、まずは時間をかけてそこから始めます」

茶山はそこで大きく息を吐いた。

「最後に訪れるのが受容です」

「やっと、病気と現実を受け入れる段階ですね」

「薬院さん。やっと、と思う気持ちはわかりますが、受容は必ずしも良好な状態ではないのです」

「そうなんですか」

「受容はむしろ、ほとんど感情の欠落した状態と考えられます」

「余計に難しいです」

「四つの段階を経て辿り着くのは、ある患者の言葉を借りれば『長い旅路の前の最後の休息』です。大抵の死に瀕した患者は現実を受容する一方、周りに対する関心が薄れていきます」

「それは、諦めや悟りから？」

「ええ。最終段階に至っても、いや、至ったから、でしょうか。諦めや悟りは常に患者に付きまとっています。そういった感情と付き合いつつも、現実を生きることを受け容《い》れる。それが最終段階の受容です」

　否認、怒り、取り引き、抑うつ、受容。いずれも感情渦巻く段階である。生前の賀茂も他のメンバーも、このどこかには当てはまるということか。しばらく質問続きだった律に代わり、私が口を開いた。

「茶山さんはとっくに、受容に達しておられるんでしょう」

「どうでしょうか。それぞれの段階は、乗り越えたから次、というものではありません。行ったり来たりするもので、一度受容に至ったからといって、もう怒りや抑うつを抱かない、というわけではないのです。まあそれを踏まえても、今の私は受容過程にあるとは感じています」

「他のメンバーはどうです？　茶山さんから見て、どの段階にあるのでしょう」

　茶山は右手で顎をさすり、

「次郎丸先生は受容しておられる。六本松さんは否認あるいは怒り。橋本さんは否認か取り引き段階。南さんは一旦受容に至りましたが、今は抑うつと受容のはざまでしょうか」

　それぞれの言動に当てはめてみる。なるほど、そんなところかもしれない。

「逆にお尋ねしますが、お二人はいかがですか？　ご自身は今、どの過程にあるとお考えですか」

私は天井を見ながら考えた。顎を上げると律の顔が覗く。律は呆然《ぼうぜん》とした様子で「だ」だの「ぼ」だの意味の取れぬ言葉を発して、

「だって僕、余命宣告なんて受けていませんよ」

「君は受けているようなものだよ」

「薬院さん。死の五段階は死にゆく当事者だけの問題ではありません。残された者もまたその対象です。婚約者に先立たれたとおっしゃっていましたね。あなたは今、どの段階にいますか？」

「ですがあれは、昔のことで……」

歯切れの悪い助手を置いて私がいう。

「彼のは怒りです。よく、抑うつも顔を出しますが。根幹にあるのは怒りの感情、ただそれだけでした」

「怒り……そうですか」

私は目を瞑《つむ》り、悠然と頷いた。

「次郎丸先生は否認でしょうか。どちらにせよ受容にはほど遠いでしょう」

「頑張って先を目指すものでもありません。とんとん拍子に進む人もいれば、時間をかけて進む人も、ずっと停滞したままの人もいますから。薬院さん自身はいかがで

す？　少し落ち着かれましたか」

「僕も、とても受容なんてできません。今でもときどき、怒りがこみ上げてくる。それとも、否認でしょうか」

「けっこうです。ご自身の置かれた段階を知ることが第一歩です」

といって茶山はコーヒーを口に運んだ。私もカップを持ち上げる。隣で律が、

「段階を知って、それからどうするんですか」

「受け容れます。相手の話を聴いたり、こちらから事例を提示したりして、相手のすべてを肯定していきます」

「それが過去であっても？」

「はい。傷が癒えるのには個人差がありますから。過去であれ未来であれ、時間は問いません」

「律君。聴きたい気持ちはやまやまだが、カウンセリングを受けに来たわけじゃないだろう」

「え、ああ。すみません茶山さん、マスターキーはお持ちですよね？」

茶山は目を大きくして驚きを表現した。

「これはまた、話が変わりましたね。質問は終わりではなかったのですか」

「さっきは圧倒されてしまって、その」

「まあ、いいでしょう。鍵ですね。はい、持っていますよ」

「昨夜、遊戯室を出てから、どこで何をしていましたか?」

茶山はふっと笑った。コーヒーを含んでいなくてよかった、と思った。

「ずいぶん露骨ですね。つまり、薬院さんは賀茂さんの死を殺人事件に結び付けたいわけですか」

「非礼をお詫びします。ただ、明日で最後ですからね。付き合っているだけです」

「七隈さん、優しいですね。そう、昨夜は遊戯室を出て、エントランスや空室の施錠を確認して、自分の部屋に戻りました。二十三時半ごろだったでしょうか。それからお風呂に入って寝たのが零時ごろ。朝は六時半に起きて食堂へ朝食の準備に向かいました。その時ホールの明かりをつけたら、絵があんなことに……」

「夜から朝にかけて気づいたことはありませんでしたか? 音とか、人影とか」

「いえ、何も」

「茶山さんの目から見て、死体に不審な点は」

「くり返しになりますが、これといってとくには。ついでに申し上げますと、ご承知のとおり東京や神奈川とちがってこんな田舎では監察医制度もありませんから、解剖を望む場合、行政解剖ということになりますが、このままですと賀茂さんはその限りではなくなるでしょう」

律が語気を強めていう。

「異状死であれば、解剖されるかＡｉを撮られるか、あるいはその両方。異状死でなければ、それもなし。今回は犯人によって、警察や医療の介入を阻止された形ですね」

茶山は頷いて、

「そのとおりです。殺人事件なら、ですけれど」

「では殺人事件だったとして。茶山さんは誰が怪しいと思います？」

「うーん。仮の話ですし、個人名を出すのは、ためらわれますね」

「他言しません」

茶山はまた小さく唸り、

「私も賀茂さんのすべてを知っているわけではありませんが……。それでも彼は生前、あまりよい行いをしてきたとはいえないみたいですね」

回りくどい言い回しである。

「というと？」

答えず、茶山は言葉を押し殺す。

「南さんのことでしたら、本人から聴きましたよ」

と律がいうと、茶山の顔に明るい色が差した。

「そうでしたか。彼女には悪いことをしたと思っています。メンバー間のいざこざを把握しないまま、希望者を希望どおりに参加させて、賀茂さんと会わせてしまいました」

「南さんが怪しいと？」

肯定とも否定とも取れぬ意思を表情に宿した。

「他に動機がありそうな人はいますか」

たとえば桜子はどうだろう。彼女たちには、単なる先輩後輩以上のつながりを感じた。病弱な南に代わって桜子が実行した、という可能性もある。律が考えそうなことだ。茶山はもちろん、そんな薄っぺらな仮説などおくびにも出さなかったが。

「薬院さんはどうです？　誰か睨んでいる相手がいるんですか」

「茶山さんです」

「ご冗談でしょう」

「律君。冗談が過ぎるよ。すみません茶山さん。この犯人捜し自体、意味のない冗談だとご理解ください。ただ、『仮想・殺人事件』だったとして、最も実行しやすく、主導権を握れる茶山さんが犯人だったら楽だ、という話です」

「楽ですか」

「犯行も楽だし推理も楽です」

「ですがその後の私の言動とは矛盾しますね」

「おっしゃるとおり」

律はコーヒーで口を湿らせ、

「犯人は一旦措くとして、犯行方法はどうでしょう。なにか思い付くことはありませんか」

「ありませんね。あればとっくに、可能性の話としてお伝えしていますよ」

「そうですね」

茶山の返事がつれなくなってきている。仮定の話とはいえ、自分にも嫌疑がかかっているし当然といえるが。

「律君。茶山さんもお疲れだ。部屋に戻ってゆっくりしようじゃないか」

「そう、ですね。七隈先生もお疲れの様子ですしね」

「いや、我々も事件にこだわりすぎたんじゃないかと、ふと思ってね。そう、我々はいつだって、あらゆる可能性を考慮しなければならない。今回はそれが自然死だっただけの話だよ。まあ、もしこの先、第二の死者でも出れば、考え直してもいいが。なんにせよ、明日にはここを発《た》つんだ」

「まあ、そうですが」

律の次の言葉を待つタイミングで、背後の戸がノックされた。ノックに続いて戸を開けたのは、桜子だった。彼女の半身がわれわれを覗いている。

会話を配慮してか、小声で、されど明るく告げた。

「おじいちゃん、ちょっといい？」

## 11

人が一人死んでも食事は定時に供される。空白に寂しさを覚えたのか、律が六本松のほうへ席を詰めた。それと桜子も一緒に食事を摂ることになった。彼女は空いた席に座った。座席のバランスはずいぶんよくなった。

先の桜子の用件は、大したことではなかったようだ。賀茂の傍に置くドライアイスが無くなりかけているが、どうするかという、なるほどどうでもいい話だった。だが茶山としてはカウンセリングを含む長いやり取りを打ち切るきっかけとなり、安堵《あんど》したふうだった。

料理はあらかた出来上がっているので、コースの進行に遅れはないという。

前菜はミックスナッツとチーズ。塩気が強くてビールに合いそうだ。あいにくビールは切らしているという。まあ、体調を思えば飲めそうな者など、そう多くはないが。

ナッツを飲み込んだ六本松が口を開いた。

「探偵さん。事情聴取の成果は出たかね？」

私は彼の目を見返して首を横に振った。

「もとより私は他殺説を推してはいませんよ。皆さんの話を聴いて、ますます賀茂さんの死は病死だったと確信を強めただけです」

「ふん、どこまでも慈悲深いことだな。だが探偵さん、あなた方が話を聴いたのは、ここに居る人だけだろう」

その言葉で六本松の示唆することがわかった。

「外部犯を疑っているんですか。いったい、何のために」

「茶山さんがエントランスの施錠をしたのは二十三時過ぎだったか。それまで、私たちは遊戯室に、あるいは自分の部屋に居た。外部犯が正面から堂々と侵入する機会はあったはずだ。エントランスは部屋からも遊戯室からも離れているし、さほど音をたてずに入り込むのも難しくはないだろう」

「ご冗談でしょう。

ではその外部犯は、ここに賀茂さんが来ていることを知っていて、機を窺うのに何時間も外で待っていたんですか？　それにですがホールやエントランス付近に誰かいないとも限りません。外部犯がどうやって中の様子を知るんです？　それに、夜中までずっと待っていたんですか？　周りに車はありませんでした。夜道の運転は危険ですし、昼間来て、ずっと外で待ってたってことですかね」

六本松は何も返さなかった。まあ、アドリブで浮かんだ推論だろうし事実と異なるので仕方ないが。

「待って」

横から口を出したのは橋本だ。

「それなら別に、外で待っていなくても、堂々と入れさせてもらうのはいかが?」

「というと?」

「内通者がいれば、一時的にその人の部屋にかくまってもらえるでしょう」

ああ、そんな可能性もあるのか、と思ったところで、茶山が手を叩いた。

「それくらいにしましょう。外部犯がいたとして、鍵がなければ室内はおろか施錠後は館内にも入れませんし、自殺に見せかける方法もないのですから。同じことです」

内通者が茶山だったとしたら、鍵も部屋も何もかも解決するのだが。そんな指摘は誰も、おくびにも出さなかった。まあ、茶山には行動の矛盾という盾があるのだが。

料理はメインディッシュを終え、食後のコーヒーへと進んだ。味の濃さがありがたい。ひと口含んで周りを見ると、皆、疲れ切っている様子だった。当然のこと、人一人の離脱の衝撃は軽くはないらしい。私たちと賀茂との関係も明日で切れるわけだが、茶山はそうもいかない。彼はとりわけ疲労の色を顔に強く滲ませていた。

「明日のことですが」

その茶山が力なげに口を開いた。

「ほんとうは午前中、近くを散策して、森林浴でもしながら個別にお話をして、それから昼食のあと解散する予定でした。ただ、こんなことになりましたので、早くお帰りになりたい方もいらっしゃるかと思います。今日は事後処理の関係で残ってもらいましたが。それで伺いますが、明日早くご帰宅したい方はおられますか？」

六本松がまっさきに手を挙げた。それから次郎丸先生、南、おずおずと橋本も続いた。

「四人……。七隈先生たちはいかがです」

「私も未練はありません」

挙手して五人。律に視線が集まった。彼も、おもむろに手を挙げた。

「わかりました。では、明日の朝食後に発つとしましょう。皆、大まかな行き先は同じです。桜子の車に彼女を含め四人乗れます。すみませんが薬院さん、お車にあと一人乗れますよね？　どなたかお一人、町まで送ってくださいませんか？」

「それは構いませんが。先生もよろしいですよね」

異論などない。誰がどの車に乗るだなんて、どうだっていい。私は「ああ」と頷いた。

「だが茶山さん、よろしいのか」

次郎丸先生の問いに一瞬、戸惑いの表情を覗かせた。

「それは……、ええ。もとより次郎丸先生の検案を疑うわけではありません。七隈先生方の聞き取りもあまり収穫はなかったようですし、自然死ということに落ち着きそうです」

「そうかい」

「だ、そうだよ律君。君の事情聴取が役に立ったかどうかは別にして、ね」

「ええ。よかった。……よかったといえるのか、わかりませんが」

言い置いて、律はコーヒーを口に含んだ。

一瞬の静寂が訪れて、それから話をまとめるようにして茶山が、

「それでは、桜子の車に六本松さん、南さん、私。薬院さんのお車に七隈先生と橋本さんという振り分けでよろしいでしょうか。次郎丸先生は、迎えに来ていただくということでご連絡をお願いします」

それから茶山も少し活気が戻ったのか、明るい顔に戻った。二、三雑談を交わして夕食は散会となった。

部屋に戻り、歯を磨いたあたりで胃に不快感を覚えた。食べ慣れないものを、食べ

すぎたせいだろうか。吐き気はないが、あまりいい気分でもない。

ベッドに移ると、鈍重な痛みがじわじわと頭を攻めてきた。たいてい、頭痛は朝方が多いのだが。これは疲労によるものだろうか。疲れているのは茶山だけではない。

重く閉じようとする瞼に抵抗もできず、私の意識は眠りの底に落ちていった。

# 三日目

## 1

「ご臨終です」

湿っぽく、ささやかな声だった。昨日あれだけ悄然としていた茶山は、その顔にいっそう濃い疲労の色を浮かべている。医師としての経験が豊富で、臨床上さまざまな「異常」を目の当《ま》たりにしてきた彼でさえ、こんなことは初めてだといわんばかりに、目は見開き、口角はだらしなく垂れている。

茶山による死の宣告を聞くのは、これで二度目だ。だが、死に近い人たちが集まったからといって、二日連続で死に直面することになるとは。ここにいる誰も、思ってもみなかったに違いない。

それも、

「茶山さん、間違いないんですね？」

「はい。何と申し上げてよいのやら。とにかく……」

そこで茶山は少し言葉を詰まらせた。

「七隈先生は、お亡くなりになられました」

七隈昴はベッドに横たわり、息絶えていたという。首から上までもほとんど隠れるように布団を被っている。柔らかな賀茂の死相に対し、うつ伏せになり顔を壁に向ける七隈のそれは、よくわからなかった。賀茂のように穏やかなのか、あるいは苦悶《くもん》に全身の筋をこわばらせているのだろうか。

「あまりじろじろ見るものでもありません。とにかく皆さん、部屋から出てください。次郎丸先生はこちらへ」

茶山は次郎丸を手招きし、代わりに、入ろうとした律を制した。

「薬院さん。今朝、この部屋に鍵は？」

律は神妙そうに頷く。

「掛かっていました。それが妙といえば妙で。というのも七隈先生は普段、鍵を掛けないことが多いので」

鍵を掛けないなど元刑事にして探偵、いや元探偵にしては無用心に過ぎるかもしれないが、それも仕方のないことだった。

「それで、いつまでも起きてこないのを不審に思って、私の元に来られたと。合っていますね？」

「はい」

ざっと全体を見回し、それから茶山は、

「そろそろ皆さん食堂にお集まりでしょう。……事情を説明してきます」

といって部屋を出た。次郎丸も部屋から離れ、茶山が施錠する。廊下の先に背中を小さくする茶山を見送り、律は時計を見た。

八時十分。異変に気づいてから、十分が経過していた。

目を瞑り、律はその光景を思い起こした。

起きて、七隈の部屋のドアを叩いた。朝に弱い探偵を起こすためだ。これは日々のルーティン。ノックに返事はなかった。これも、だいたい毎日のこと。鍵は開いているはずなので、入って起こそうとした。これも日常の延長だった。

だが鍵が掛かっていた。部屋に鍵を掛けるなど、珍しいことだった。それでノックの手を強めた。それでも反応はなく、茶山を頼った。

食堂へ駆けた。そこに居るだろうという読みは当たり、朝食のセッティングをしている彼を見つけると簡単に訳を説明し、部屋に来てもらった。

そして現在に至る。わずかな時間の出来事だった。

詳しい検案はまだおこなわれていない。茶山も次郎丸も再び食堂へ戻っていった。律もそれに続く。

律は無機質なドアを見つめた。扉の先、ベッドに横たわる七隈の身体に不審な点はなさそうだったが、まだ何ともいえない。ドアののっぺりとした灰色を見つめながら、彼は昨日の七隈探偵の言葉を思い出した。

もしこの先、第二の死者でも出れば、考え直してもいいが——

だがしかし、考え直すための脳細胞はもうとっくに死滅している。あまりに呆気ない死、そして生だった。

目の前の現象を解釈しようとするならば、まず思い浮かぶのは連続殺人だろうか。特定の空間で連続して人が死んだのだから、探偵ならずとも容易に思いつくことだ。だが現状、第一の死は異状死ではなく自然死として片づけられようとしている。ならばこの、目の前の死は。

食堂へ向かおうと思ったら、その方向から賑やかな声が届いた。茶山が皆を引き連れて向かってきている。次郎丸、六本松、橋本、南、桜子。全員集合のようだ。ある者は怪訝《けげん》そうに、またある者は不安や焦りを顔に宿らせているように見えた。

茶山の先導も煩わしいとばかりに六本松がずかずかと歩み寄り、鍵穴に鍵を差し込んだ。茶山から借りておいたらしい。ドアを開け、ずかずかと部屋に踏み入ると、横たわる七隈を確認し、

「なんということだ」

と大仰に嘆いた。それに茶山が続き、女性陣は入口付近から遠目に覗き見る形になった。

「六本松さん、いえ皆さん。今は事情を知らせるために現場をお見せしただけです。どうぞお戻りください。私と次郎丸先生はこれから検案に移ります」

「ああそうだ、もうそろそろはっきりさせてくれ」

と言い置いて六本松は部屋を退く。代わりに次郎丸が入る。

「まさかここまでとはな……。儂もやるしかあるまい」

次郎丸のいうまさかとは、二日連続での検案を指すのだろう。律は廊下に出てきた六本松に向かって、

「はっきりさせる、というのは？」

六本松は一瞬のためらいののち、

「死因だよ。糖尿でぽっくり逝くなんて、聞いたことがないからな」

「ああ、なるほど」

糖尿病は目や腎臓など体の至る所に不調をもたらすが、それが直接の原因で死ぬというのは、それこそ何日も絶食しない限り考えにくい。それをいいたいのだろう。

「それより茶山さん、次郎丸先生、お二人、昨日と同じコンビですよね」

「医者が検案するんだ。仕方あるまい薬院君」

「それはそうですが」

律の目を見て茶山が、

「薬院さん。失礼ですが何か疑っておられませんか。たとえば、これから私たちが七隈さんに細工をすると」

「いえ、そういうわけでは」

「あなたも医者とはいえ研修、それも休職中ですから、検案には不向きですね。そうですね、では私たちが細工をしないよう、見張りがいたら、いかがでしょう」

「別に疑っているわけでは……」

「では私がその役を引き受けよう。探偵助手君、大事な人を失ったんだ。君はしばらく休んでおきなさい」

声を張ったのは六本松だった。

「いかがでしょう薬院さん」

「構いません。でもせめてここに居させてください」

「そうですね。では南さんと橋本さんは食堂へ。桜子、食事をお出ししておいて。一時間以内には私たちも行きますので」

「私たちも見てたいんだけど。薬院さんと六本松さんだけ見学なんて、ずるくない？ね、春奈ちゃん」

「別に私は……、どっちでも」

「まあ、それでしたら私も検案のご様子、拝見させていただきたいわ。ね、いいでしょう茶山さん」

「ねー、おじいちゃんのこと疑ってなんかないけどね、見張りが要るのなら、多い方がいいでしょ」

「……と、いっていますが次郎丸先生。いかが致しましょう」

「別に見せて減るもんじゃあない。そこに立っていなさい」

「やった」

というわけで全員その場に留まることとなった。

言い出した六本松がまずドアの真ん中に構え、橋本が彼の脇から部屋の中を覗き込むような位置に陣取った。恰幅《かっぷく》のいい二人に入口をほぼ占拠され、好奇心の片鱗《へんりん》を見せた桜子は何とか室内を覗けるかどうかといったところだった。おかげで南と律は、ほとんど六本松の背中を眺めるだけの形となった。

「さて……」

ベッドに近づくと茶山はまず、おもむろに掛け布団を外した。六本松たちは決して足を踏み入れず、立ち位置はそのままにその挙動を注視する。律は背伸びをして六本松の頭越しに室内を覗き込んだ。検案の様子がわずかに視線の先に垣間見《かいまみ》えた。

サナギのように眠る七隈の着衣に乱れはない。胸に刃物が刺さっていたり、首に索状痕が残っていることもない。明らかな外出血もなく、七隈の体は賀茂同様、律の目にはきれいに映った。

それから茶山は左腕を持ち上げた。着衣を脱がせようとしているらしい。

「硬直は、さほど進行していないようですね」

袖を脱がすと、上半身の皮膚を隈なく検分する。次郎丸も近寄って覗き見た。アザや傷はそのまま残っている。それと目立つのは腹や腕の小さな斑点だ。傷といえば血糖測定やインスリン注射の痕くらいで、致死的な外傷はなさそうだった。そしてそれは、検案が進み下半身に至っても同じことだった。

律は背伸びが限界を迎えると、少し休憩してまた室内を覗き込んだ。だが六本松も好奇心のためか不要な背伸びを時々見せたので、律には断続的にしか室内の様子を窺えなかった。

腕を持ち上げられ、だらしなく垂れる七隈の背を見ることは律にとって快いものではなかった。吐き気を催す寸前だったが、耐えた。吐き気や眩暈《めまい》、冷や汗といったあらゆる防衛反応に耐え、ただじっと二人の検案を見守った。

二十分ほどして茶山が、

「少なくとも死因は外傷的なものではありません」

とひとつの結論を告げた。それから茶山は七隈の体に深く布団を掛けた。

「まあ、それも確認手続きに過ぎないのですが……。事件性がないとも限りませんからね。そうでしょう、六本松さん」

話を振られた六本松はセイウチのような顎を大きく上下させ、頷いた。

「それと気になるのは、持続血糖測定器ですね。賀茂さんに続き、七隈さんもこれを着けておられる。同じタイプのものですね。念のため調べておきましょう。薬院さん、どこにあるかご存じですか」

「ウエストポーチの中にあるはずです」

「これかい」

次郎丸が椅子の上のウエストポーチを漁る。目当てのそれはすぐに見つかったらしく、

「ええと電源は、これか」

電源ボタンを押して茶山に手渡した。

「記録は正常になされているようです。さて」

腕の裏側、針の辺りにモニターを当てると、ピッと短い音がして、

「一九七。もともとの高血糖に加え、死後の生体反応を加味すると、妥当な値かもし

れませんね。薬院さん、七隈先生のふだんの血糖値をご存じですか?」

「えっと、空腹時だと一二〇とか一三〇とかです」

「この機械、過去のデータも遡れるのでしたね」

「調べてみましょう。貸してください」

茶山が入口に近づき、六本松と橋本が避《よ》ける形になり律がその間から手を伸ばす。

茶山からモニターを受け取った律がタッチパネル式のボタンを操作すると、グラフ画面に切り替わった。

「昨夜は二十一時過ぎに晩ご飯が終わりましたよね。その時間が二三六。食後ですし高いですね。二十二時に二〇九。二十三時で一八九、日付が変わって零時には一六〇です。その間の推移はなだらかで、目立った変化はなさそうです。二十二時過ぎといえば、いつもなら眠る時間ですから、血糖値の下がり方としては、不自然な点はないんじゃないですかね」

「日付が変わってからはどうです?」

「緩いカーブを描いて、三時で一一八。そこから徐々に上昇していますね。三時半、一二七。四時で一三二。五時、一五八。六時で一七〇です」

「それを素直に死後の生体反応と見るなら、午前三時ごろ亡くなったと考えられますね。死後硬直の程度も、ちょうどそのくらいでしたし」

律はひとつ息を吐いた。六本松が、

「死後の生体反応という点では、異常はないということか？」

「ええ。もう少し調べてみる必要がありそうですが。おや、次郎丸先生、いかがなさいました」

「これがあった。七隈先生のウエストポーチに」

次郎丸は握った右手を開いてみせた。中の物を茶山の手に移す。

「飴《あめ》ですね」

個包装の飴が二つ、茶山の手のひらに転がった。

「それ、低血糖予防のためですね。よくポケットやウエストポーチに甘いものを入れていましたから」

それを見た橋本が口を挟む。

「仮にこれが殺人だとしても、個包装の飴に毒を含ませるのは難しいでしょうね、六本松さん」

「ん？　ああそうだな。それよりは別の方法があるだろう」

「ねー、おじいちゃん、検案ってもう終わり？　なんか地味」

検案に地味も派手もあるものか、と律は思った。

「ああ、ちょっと待って」

再び七隈のベッドに向かい、壁に顔を向ける七隈の、その後頭部を見下ろして、茶山は、

「私の中で結論は出ました」

律は眉根を寄せて茶山を見た。

「それは？」

「立ち話は疲れます。食堂へ戻りましょう」

動かない七隈を除く全員が部屋を出た後、茶山が鍵を掛けた。


食堂に入ると、桜子が厨房に消え、数分ののち、人数分の飲み物とともに現れた。律儀にも白いコック服姿に着替えている。それぞれの席の後ろからコーヒーを注いで回り、最後に茶山の分を入れ終わると、一度厨房に退いた。沈黙の中で待っていると、今度はサンドイッチの載った皿をワゴンに載せて姿をみせた。同じように配膳し、最後に自分の席に置いて腰を下ろした。

「それで？」

「今から説明する」

といってコーヒーをひと口含み、茶山は全体を見回した。

「検案の結果ですが。結論からいって、七隈先生は自然死だったと思われます」

座が、にわかにざわめいた。律はその宣告を冷静に聞き入れた。

「七隈先生の体に不審な点は見られませんでした。外見上の話ですが。部屋の状況は賀茂さんと異なりますが、お体そのものの状態は、賀茂さんと大差ありません」

「つまり、異状を認めないという点で？」

「はい。それで、次郎丸先生からお話を伺ってもいいのですが、より身近で詳しい、薬院さんに説明を願いたいと思いますが」

といって茶山は律の目を見た。

律は深く頷き、おもむろに立ち上がった。

「七隈先生の死は自然死。茶山さんの検案結果に僕も異論はありません。……自然死だったのでしょう」

六本松が叫んだ。

「どういうことだ？　Ｉ型糖尿病だったんだろう。それでどうして」

「六本松さん。ご存じのようですが糖尿病で急死なんてことはありません。慢性疾患ですからね」

「それでは」

「別の原因です。皆さんは、余命宣告を受けているんでしたよね。僕はちがいますし、雇われただけの千崎さんも例外ですが、主宰者である茶山さんも、招かれた側の六本松さん、南さん、橋本さん。それに次郎丸先生も賀茂さんも、そうでした」

「それはそうでしょう。それがメンバーの条件だったんですから」

「ええ。余命宣告を受けていることが〈かげろうの会〉のメンバーになる条件でした。ですが、今回に限ってはメンバー外の人間も余命宣告を受けていた。それだけの話です。茶山さんは一昨日、『招待された人は皆、余命宣告を受けている』という趣旨の発言をされていましたが、それは言葉どおりの意味だったんです。今回、七隈も招待された人の一人だったんですから」

「招待された人は皆、余命宣告を受けている……」

南が反芻《はんすう》した。まるで、そうする必要があるとでもいうように。だが、それ以上何もいわなかったので、律は茶山を目で促した。

「当然、次郎丸先生から伺っていましたよ。七隈先生のご病気のことは」

次郎丸は目を瞑って頷く。橋本が口を挟んだ。

「薬院さん。七隈先生は、どんなご病気だったの？」

「神経膠腫《こうしゅ》。グリオーマです」

「グリオーマ？」

多少の専門用語を挟みつつ、律はかいつまんで説明した。

脳と脊髄には、神経細胞と神経線維細胞の他に、それらを支える神経膠細胞（グリア細胞）と呼ばれる細胞がある。グリオーマは、このグリア細胞から発生する腫瘍を総称した疾患で、いくつかの種類がある。悪性度や症状、治療方法や予後などは種類によってさまざまで、

「グリオーマにも癌のTNM分類に似たグレードがあります。1から4の四段階で、数字が大きくなれば悪性度は増します」

「七隈先生の場合は？」

「膠芽腫《こうがしゅ》と呼ばれるものでした。グレードは4。分類でいうと最悪、男女比でいうとわずかに男性に多くて、予後も決して良くはない病気です」

律はそこでカップを持ち、コーヒーを口に含んだ。

「最初の診断はたしか四年前でした。大学病院で手術と化学療法を終えて、退院してからは次郎丸先生が、かかりつけです」

「そういえば次郎丸先生は脳神経外科がご専門でしたね」

次郎丸がおもむろに口を開く。

「余命を告げたのも、儂だよ」

「ええ。もちろん本人の強い意向がありましたし、僕も余命を知ることに抵抗はありませんでした。次郎丸先生は過去に一度だけ余命宣告を下したことがあるといっていましたが、あれは七隈に対してです」

奥で南が手を挙げて、

「ステージ4の腫瘍で、あんなに元気に動き回れるものなんですか」

「そこは通常の癌と同じで、好不調の波があります。そしてここ数日とくに活気があったのは確かです。久しぶりの仕事だったのと、かかりつけ医である次郎丸先生が近くに居るという精神的安定もひとつの要因だったのでしょう」

「失礼だが、脳の病気があっても探偵は務まるのか?」

六本松のその問いは確かに失礼に思えたが、律は顔に出さず、

「一人では難しいでしょう。七隈の場合、前頭葉に腫瘍があったんですが、軽い認知症を発症していました。認知症の症状の中でも、多かったのは短期記憶障害。数分前に聴いたことが頭に入っていなかったり、人の名前を覚えるのが苦手だったり。長期記憶はわりとしっかりしていますし、受け答えも一見、ふつうなんです。それがよく考えるとちぐはぐだった、なんてこともあります。

他には頭痛――これは朝方に多かったですが――、それとときどき、幻覚を見ていました」

「幻覚?」

律は目を瞑り、ここに来たときのことを思い出した。

「たとえば車を走らせていて、いきなり女性が首を吊っている、なんて言い出すのは

日常茶飯事。いえ、七隈はどこででもよく、女性の死体を目撃しているんです。頭の中でだけ。そういうとき僕は軽くあしらっていましたが」

「それって、薬院さんの大切な人の……」

「わかりません。が、幻覚が見え出したのも僕が婚約者を亡くしてほどなくだったので、無関係ではないのかもしれません。幻覚の症状については、はっきりしていて、見るのは決まって特定の女性です。それに七隈が何かを見たというとき、極力僕も同じ方向を見るようにしていますから、少なくとも僕が一緒に居たときは幻覚と現実の区別ははっきりしています。この別荘に着いてからは、僕の知る限り幻覚症状はなかったはずです」

今度は橋本が、

「でも、探偵の助手——いえ、薬院さんも立派な探偵かしら——、探偵稼業も大変なのね。ペット捜しだけじゃなくて、同じ探偵の身の回りのお世話も大事な仕事なんですものね」

いわれて、律は一瞬目を見開いた。

「それはもちろん」

「ヘルパーさんとか、いなかったの？　それかご家族の方は」

病人の世話を同業者がすることを橋本は疑問に思ったらしい。茶山も、

「その辺は薬院さん、説明なさっていませんでしたね」

と口を添えた。

「たしかに、僕がただの同業者なら、ここまでの介護はしないでしょう。探偵事務所の上司と部下という関係性とは、ちょっと事情が異なるんです」

「というと？」

「七隈昴は僕の祖母です。正真正銘、血の繋がった親族です。齢は七十でした。元刑事で、引退して気ままに暮らしていましたが、好奇心を理由に探偵事務所を構えると言い出して。あんな、腰が曲がってしわくちゃの高齢者が開業するなんていっても、いろいろ手続きとか難しいですからね、僕も探偵には興味あったんで、手伝ったんです。

おばあ……、七隈にとって探偵は、老後の暇つぶしである一方、僕の婚約者の事件に近づくことにも繋がったんでしょう。それに田舎で家賃も安いのは助かりました。数か月に一度の依頼では通常は赤字ですから。ただその分、時間をかけて仕事ができるといって喜んでいました」

「それじゃあ薬院さんは、七隈さんとずっと一緒に暮らしていらしたの」

律は渋面をつくって頷いた。

「祖母と一緒に働いて、一緒に出掛け、一緒に寝て起きる。今回みたいな外泊のときは、同じ部屋か近くにしてもらう。いつ急変するとも知れませんし、傍にいる必要があったんです。小学生ならまだしも、二十代後半にもなって、四六時中おばあちゃんといっしょですからね。少々うんざりとはしていましたよ。まあ、他に身寄りもいないですし、仕方ないことですが」

「失礼。薬院さん、ご両親は？」

「二人とも、事故でもう……」

「そうでしたの」

そこで初めて橋本は消沈した顔を見せた。

今度はコーヒーを飲み終えた桜子が、

「たしかに、べったりって感じだったもんねー」

「べったりは、ちょっと語感が合ってませんね。僕の仕事は探偵ですが、これまで探偵らしい仕事はほとんどやっていませんでした。主に七隈の身の回りの世話と、変なことしでかさないかの監督が仕事でしたから。近くに居なきゃいけないのは、必然ですよ」

「近くに？　ああ」

桜子が指を鳴らして、

「それもそうね。おばあちゃん、体力はありそうだったし、勝手に動き回ってたからあんまり気にならなかったけど」

「寝るとき以外は車椅子生活でしたからね。いかに自走が得意とはいえ、体力は消耗します。だから一緒に居るときは後ろから押すのが僕の仕事のひとつでした。とはいえ、ときどきはふらっと自分でも移動していましたが」

それに、自動車も車椅子用に改造してあった。乗用車だが後部座席は七隈専用の座席で、運転席、助手席、後部座席合わせて三人乗りとなっていた。

六本松がはっとした顔を見せ、

「ベッドへの移動や起き上がりはどうだったんだ？　七隈探偵はベッドに眠るような形だっただろう。あれは誰かが寝かせたとは考えられないのか？」

「ベッドは膝下ほどの高さがあります。あのくらいは七隈にとって、移動しやすい高さです。車椅子生活なのは筋力の低下と軽度の麻痺《まひ》によりますが、車椅子からベッド、ベッドから車椅子への移動くらいなら、時間をかければ一人でも可能でした。トイレなんかも、人の三倍は時間を食いますが、自力で移動から後の処理までやっていたくらいです。そのへんの日常生活に支障をきたすほど認知機能が低下していたわけではありません」

顎に手を当てていた茶山が、

「つまり七隈先生は、グリオーマと糖尿病を患っておられて、短期記憶障害と幻覚の症状もあった。一方で主だった症状はそれくらいで、血糖測定やインスリン注射もしっかりご自身でなさっていた。移動は車椅子だが、ベッドやトイレへの移乗も、ご自身で可能だった」

と、簡単にまとめた。律は、

「そうです。あ」

「どうなさいました？」

「茶山さん、部屋ではあまり声をかけられなかったし、今も結論からいってましたけど。検案の結果、もう少し詳しく聴かせてもらえませんか？　僕もあの場にいたとはいえ、ほとんど見えなかったんです。中には状況が把握できていない方もいるでしょう」

茶山はひとつ咳払いをして、

「ええ。重複する話もありますが、外傷は血糖測定とインスリン注射の痕のみ。死後硬直の程度と持続血糖の推移から、検案時、死後四時間ほどが経過しているとみられました。つまり死亡推定時刻は午前三時前後です。

それと、布団はやや乱れていたものの、着衣の乱れはありませんでした。布団にしても、せいぜい寝返りをうった程度です」

「見た目はそれくらいですか。他には？」

茶山は顎をさすって、

「賀茂さん同様、調べられたのはそれくらいです。胃の内容物まで調べようもありません。逆にいえば、それくらいの検案で自然死と判断できるほど、七隈先生の体には不自然な点はなかったということです」

「だったら、毒殺の線は残るというわけだな？　誰にでも実行は可能だった。そうだろう」

六本松が口許を緩めた。

「六本松さん。それはたしかに可能性としては残ります。その可能性を残したい気もわかりますが。状況を鑑みても、自然死であると結論付けられるレベルです。だいいち、賀茂さんとちがって七隈先生と皆さんは、私を含めて一昨日が初対面でしょう。この会以前の知り合いとなると薬院さんですが、彼はじつの孫です。それと次郎丸先生ですが、先生は七隈先生の主治医であって、べつに恨みを売り買いする立場ではないでしょう」

「ふん、優しいな。だが茶山さん、それはあんたが知ったことじゃないだろう。遅効性の毒を盛ったのかもしれん。知り合いだったんだ。二人だけで会って、毒を盛ることもできるだろう。その後、部屋に戻って知らん顔をすればいい。医者なんだ。毒の一つや二つ、簡単に手に入るだろう」

一瞬、場に静寂が落ちた。次郎丸が切り返す。

「つまりこういうことか？　儂が犯人で、狙いは七隈先生を殺すこと。そんな馬鹿な芝居、よさんかい。だいたい、医者だから毒を持っとるなんて考え、大間違いだ。毒になるようなもんは大抵、金庫管理してある。数が減ればとっくにスタッフに気づかれておるよ」

「あるいはこうも考えられる。賀茂の死は完全に偶然で、そこの青年がやったともな。動機があるとしたら、その探偵助手君か次郎丸さんの二人に一人だ」

律は語気を強めて、

「六本松さん、あなた……」

「容疑者扱いされて気分を害したのなら謝るが、昨日の私、いや私たちもこんな気分だったことは知っておいて損はないだろう。これからも探偵を続けられるのならばな。昨日はずいぶん他殺説に躍起になっていたみたいだったな」

どの口が言うか、とも思ったが、六本松のいうことも一部正しい。律は何も言い返せずにいた。それから南が茶山のほうを見て、

「でも、仮に毒殺として、そんな効き目の遅い毒はないんじゃありません？」

「そうですね。寡聞にして存じません。仮に、仮にですよ。そんな毒があるとして、その場合、粉末では無理ですし、カプセルでは嚥下のさい、違和感に気づくでしょ

う」

「服毒以外の方法では？　部屋のどこかに触れたら毒が体内に入るような細工は」

これには律が答えた。

「それですと考えられるのはドアノブ、鍵、車椅子のどこかのパーツといったところですが、いずれにせよ針状のものが必要です。ですが血糖測定とインスリンの針以外に外傷はないとのことでした。茶山さん、腹部と指先以外に針痕はありましたか？」

茶山は首を横に振り、

「不自然な箇所に痕があれば気づきます。腹部と指先の皮下にしか針痕はありませんでしたよ」

「だそうです。そして血管内でなく、皮下に注入して作用する毒、それも死に至らしめる毒など、そう都合よくあるとも思えません」

「思うか思わないかじゃなく、実際どうなんだ？」

茶山が代弁する。

「皮下注射はインスリンの他に、インフルエンザや水痘など一部のワクチン接種に用いられますが、あまりポピュラーではありませんね。使える薬——毒と置き換えてもいいですが——も限られていますし、何より特徴はその作用発現の遅さです」

「遅いのか？」

「静脈内、筋肉注射、皮下、皮内の順に作用発現までの時間は遅くなります。あとは薬の種類によりますが」

「だったら、その時間差を利用したんじゃないのか」

どうも、六本松は他殺にこだわるというより、思ったことを口に溜《た》め込まないタイプらしい。短絡的な発言にうんざりしたのか、茶山は小さくため息を吐いて、

「ですから皮下注射で使える薬は限られているんですよ。言い換えれば、皮下に投与して作用発現が確認できる薬は非常に少ないということです。ましてや人の命を奪うようなものなど、知る限りありませんね。おそらく、投与しても望むような効き目はないでしょう。もちろん、インスリンは血糖値の推移から否定されています」

律が言葉を継いだ。

「注射説はそれくらいにするとして、服毒にしても、就寝時間から死亡推定時刻までの差がネックです。七隈は毎晩二十二時から二十三時ごろに寝ます。多少の誤差はあっても、日付が変わるまで起きていることはありません。仮に零時としても、それから三時間後に作用する毒を飲ませるのは難しくないでしょうか。寝る直前にコーヒーもないですし、無理に口に含ませようとしても拒むに決まっています。機会はあっても、実現可能かどうかは別問題ですよ」

六本松は、ふんと唸って、

「死亡推定時刻は正しいのか？」

「総合的に判断しましたので。環境的にも、細工がなされていた様子はありませんでしたし、誤差はせいぜい前後十五分といったところです」

もう一度唸って、それで六本松はようやく落ち着いた。単に思い浮かぶ反論がなかっただけだろうが、それでもようやく訪れた静けさに安堵し、律はコーヒーカップを手に取った。

静まり返った食堂に、桜子の陽性の声が通る。

「ねぇねぇ、この話いつまで続くの？　空論ばっかで、つまんない。それに皆、コーヒー冷めちゃうんですけど」

思い出したかのように他のメンバーもカップを口に近づけた。

「それで、これからどうするの？」

橋本の問いに茶山が返す。

「親族は薬院さんがおられるので、連絡は省略します。もし他に知らせる方がいらっしゃるなら、薬院さんのほうからお願いします」

「いいえ、大丈夫です」

「それで私と薬院さんは残ることになりますので、桜子の車を除いて帰る足がなくなります。あるいは次郎丸先生のお迎えに便乗させていただくか。先生はいかがです」

「構わんよ」

六本松はまた勢いを取り戻した様子で、

「犯人がこの中にいるかもしれないんだ。私は先に帰らせてもらう……。といいたいところだが、フィナーレまで見届けさせてもらう。どのみちそろそろ帰る予定だったんだ。数時間の違いだ」

「うーん、そうね、でしたら私も」

と六本松と橋本。南は顔を上げて、はっきりとした口調で、

「私も、最後までいます」

といった。

「承知しました。ではもう少しご自由にお過ごしください」

というわけで、遅い朝食の座は散会となった。

2

窓の外には、遠近に鮮やかな緑が映える。手前の芝生は淡い黄緑色をして、そよそよと心地よさげに風に揺られている。奥の濃い緑は常緑樹で、一身に陽光を受け夏の陽射しを満喫しているようだ。

律はため息を吐いた。

終わった。何もかも。

ここに来て三日目。結局、穏やかな自然に身を任せて散歩をすることも叶わなかった。それは他の招待客も同じことで、心の安寧とかリラックスなどといった会の目的からは遥《はる》か遠い結末となってしまった。

そして探偵を失った。

この会ももはや、散会は近い。あと数時間もすれば皆、この場を去ることになる。もう二度と、ここに来ることもないだろう。

ぼんやり空を眺めていると、唯一の身内を失ったばかりの身としてはやや不謹慎な想像が徐々に膨らんでいった。南と桜子の顔が脳内に明滅する。二人と少しでも距離を縮めておくべきだろうか。この機を逃せば〈かげろうの会〉に参加することもないし、茶山との縁も切れる。次郎丸とは書面上のやり取りで顔を合わせる機会があるかもしれないが、他のメンバーとは誰とも、二度と会うこともないだろう。二人とも、一期一会という言葉で済ますには惜しい存在だ。

律は腰を上げた。部屋の鍵を閉め、ふらふらと歩き出した。身体は自然と、ホール側へと向かっていた。

廊下の角を折れると、さらに先の角を左に曲がる。反対側の客室、七隈を除く女性たちの部屋のある並びだ。律は南の部屋のドアをノックした。

「はい」

気怠げで、か細い返事がした。

「薬院です。少し、お話しできませんか」

数秒の間があった。ほどなくしてドアは静かに開かれ、隙間から顔を覗かせたのは
部屋の主、ではなかった。

「あれー？　薬院さん。どうしたの」

「千崎さん。一緒にいたんだね」

「ほら、二人も続けて亡くなったんだし、やっぱちょっと怖いなって。一人より二人
でいた方がいいよねって、春奈ちゃんと」

「そう。いえ、用というほどのことではないんです。ただ、少し話がしたくなって」

と後頭部を掻く。実のところ用事などなかった。あるのはただ、ここで別れるのは
惜しいという下心に似た考えのみだった。

「……だってさ、春奈ちゃん。どうする？」

「構いません。どうぞ」

「ありがとう」

断って、律は部屋に入った。同じ造りだが、香りが律の部屋のそれとはまるで異な

る。律の部屋と違い、甘やかな香りがかすかに空間に漂っている。

「あ、ちょっと待って」

と桜子は一度部屋を離れ、それから椅子を持って現れた。

「どーぞ」

「気がつかなくてすみません。ありがとう」

腰を下ろし、桜子も椅子に掛ける。南がベッドに座る形になった。

「あ、そうだ薬院さん、コーヒーか紅茶か、どっちがいい」

「えっと、では紅茶を」

「ホットでいいよね？　春奈ちゃん、ちょっと手伝って。薬院さん、すぐ戻るから」

南の手を引き、桜子は再度部屋を離れた。十五分ほどして戻ってきて、小テーブルの上にティーポットとカップを置いた。紅茶に口をつけ、南が口を開く。

「で、話って何です」

「いえ、ちょっと気になることがあって。といっても些細なことなんだ。ほら、さっきここに残るっていったとき、やけに明るい感じがしたから。何か理由があるのかな、って」

「ああ……それは」

南はやや顔をしかめ、ためらった様子で桜子を、そして律を見た。数秒の間を置い

たのち、

「薬院さんも残るから」

「えっ」

聞き間違いじゃないかと思った。だが間違いなく南は今、「薬院さん」といった。続けて「も残るから」とも。この珍しい苗字を、そうそう聞き間違えるはずもなく、その証拠に南は今も律の目をしっかりと見つめている。

律は、顔が紅潮し熱を帯びるのを感じた。

「私が帰ってしまうと、桜子さんが大変でしょう。あと何時間かですけど、その……、何か起きたときに」

「つまり、また誰かが亡くなったときに？」

南の顔はあいまいな表情を形作る。明日の命も保証されない身ながら、他のメンバーの死、その事後処理の危惧をしているというのだろうか。帰ってしまえば、そんな懸念も断ち切れるだろうに。

「茶山さんはリーダーシップはあるけれど、体力的にはどうしても不利だし。薬院さんは紳士っぽいですけど、桜子さんを一人にしておくわけにはいかないから」

なるほど、と心の中で呟き、律はくすりと笑った。つまり自分は警戒されているらしい。

「紳士の顔をした狼《おおかみ》かもしれない、ってところかな？」

「狼……。そう、狼なら」

狼なら何だというのだろう。ともかく南が残る理由がはっきりした。距離を寄せるのに、あまり性急になりすぎるのも良くないだろう。

顎に人差し指を近づけて南は、

「それと、やり残したことが」

「というと？」

「絵です。絵を傷つけた犯人もまだ……」

律は虚空を見据えた。壁の絵を汚《けが》した犯人はまだ皆の前に明らかになっていない。

「それもそうね」

桜子が同調する。

「そうか。あの絵、南さんの」

恥じ入るように南は首肯する。

「あれ、大学のとき描いたものを飾ってもらってたんです。全体的にまだまだだって感じですけど」

戸惑いを見せながらそういうと、小さく息を吐いた。

「たしかモデルは千崎さんだったたね」

「ええ。大学のときの。桜子さんは、昔からずっと輝き続けています。あの絵は桜子さんの魅力を、存分に描き切れていません。でも大事な作品であることに変わりありません」

「えっへへ、いってくれるじゃん」

描いた本人は納得がいっていないようだが、モデルの方はまんざらでもないらしい。

「あのころは淡く軽いタッチで描けると思っていました。背景まで面相筆で描いたのは、今思えば失敗でした。バックの優しさは取り払ってこそ、人物のもつ内面の美しさが際立つんじゃないかと思うんです」

芸術には疎いが、さもありなん、とばかりに律は静かに首肯した。

「でも、当時の絵は当時のものとして、別のを描き直せばいいんじゃない？」

言い終えると、南は眉をひそめて、

「それはだめ。時間がない」

「ああ……」

彼女もまた、明日死ぬかもしれない身だ。状態は安定しているとはいえ、いつ急変に陥るか予測はできない。寝込んでしまえば、絵に取り組むどころではないだろう。

「理想は同じサイズのキャンバスに、今の私から見た今の桜子さんを描くこと。でもそれでは時間がかかりすぎる。桜子さんも働いているし、大学のときみたいに一緒に居られる時間も、そうないし。下絵のまま永遠に未完成になってしまうかもしれない。だったら、今ある絵をもとに、手直ししようと思ったんだけど。といっても思い立ったのは昨日だから、どのみち遅かったんだけど。あんなことになってしまって……」

桜色の唇の奥に白い歯がちらりと光った。律が初めて見る、南の表情だった。それは不穏にも微笑にも見える、妖しい笑みのようだった。

律はカップを手に、紅茶を口に含んだ。

「薬院さん、よく一口に飲めるよね。熱いでしょう」

「ああ、ごめん。味わっていないわけじゃないんだ。忙しい研修医時代の癖かな」

「まあ、人それぞれですしね」

南はゆっくりと紅茶を飲み、桜子をちらと見た。桜子は小さく頷いたように見え、飲み終えたカップをソーサーに戻した。彼女がティーポットに伸ばした手に、二つの手が重なりかけた。「僕がお注ぎしますよ」と桜子を制そうとした律の手に、南の右手が重なったからだ。

「すみません」

「こちらこそ。南さんも紅茶おかわり、どうかな」

「大丈夫です」

南の、膝の上に引っ込めた、太鼓のばちのように先の丸まった指が、律の目に留まった。

「あ、その指……」

それから、言葉が尾を引かれたように重くなった。

「指？　ああこの指。昨日いったでしょう、ばち指って」

「その指じゃあ……、その、筆を握るの……、大変そうだね」

「物を握るのは大丈夫。感覚もしっかり残ってるし、動かすのも問題ないんです。ただ、こんな色でこんな形だから、自分でもね、ときどき思うことがあるの。ちゃんと血、通ってるのかな、って」

桜子が返す。

「大丈夫、血は通っているよ……。春奈ちゃん、昔いってたじゃない。チアノーゼって、血が流れていない状態とは、ぜんぜん……別で……」

桜子は呆《ほう》けたような表情を見せ、語尾は沈んだ。目は南を見てはおらず、はるか虚空を見据えている。そのさまはまるで、これまで律が介護してきた認知症老人のようであった。

「桜子さん？　どうしたんです？」

「別で……だから……ああ」

南の声などまるで耳に入っていないようだ。桜子はただ肩をふるわせ、低く唸るだけだった。そして震える声で続けた。

「ちがった……。ちがうかも」

何かを悟ったかのように目を見開き、桜子は立ち上がった。

「おじいちゃんのところへ行こう。賀茂さんは、自然死じゃないかもしれない」

勢いよく廊下へ出たものの、小走りの歩幅はだんだん狭まっていき、斜め上を向いていた顔の角度は徐々に下がっていった。そして進んだ末、ふと思い至ったように桜子は一瞬足を止め、また歩き出した。茶山の部屋を通り過ぎ、廊下の突き当たりに立つ。

「千崎さん、ここ茶山さんの部屋じゃないでしょう」

「ちょっと確かめたいことがあって」

といったが、当然、部屋の鍵は閉まっていた。

「やっぱだめかー。おじいちゃんに頼むしかないね」

後ろで律は南と小声で話す。

「今さら何をする気なんでしょうか」

「さあ」

「何話してるの。もう、大丈夫じゃないかもしれないんだよ」

「それもそうね」

会話はぷつりと切れ、桜子を先頭に、三人は茶山の部屋に向かった。

ノックには、気怠げな声が返ってきた。

「どなたです？」

「私。おじいちゃん、ちょっと話できない？　賀茂さんのことで」

おもむろに開いたドアの隙間から、怪訝そうな茶山の顔が覗く。

「桜子か。南さん、薬院さんも。どうした。賀茂さんのこととは？　……ああ、取り乱して失礼。立ち話もなんです、どうぞ」

促され、三人は茶山の部屋に入った。茶山と律がベッドに腰掛け、南が椅子に座った。座るのももどかしく桜子は立ったまま話し始めた。

「急にごめんね。じつは賀茂さんの死について、妙な点に思い至って」

茶山は顔をしかめる。こめかみに力が入ったようだ。

「その前におじいちゃん、七隈先生の部屋に入らせてもらえない？」

「何か調査でもするのかな。調べようにも、七隈さんはもう、別の所に移させていただいたよ」

「持ち物はまだあるでしょう」

茶山は頷く。

「それを少し調べたいの。すぐに済むから、ね」

「わかりました。では皆で行きましょう」

茶山に従い、開錠した七隈の部屋に入る。ベッドに伏していた探偵の姿はなく、その身の回りの物だけが、朝のまま残されていた。

桜子はその中からウエストポーチを見つけ、中を検めた。そして目当ての物を取り出すと、茶山の方を向き直り、「もう大丈夫」といった。

「桜子。さっきの慌てようだと、よほど大きな発見のようだね。妙な点というのは」

「うん。一人の人間の、今後を変えるかもしれない」

「それは大層な言い分だね。いったい誰の？」

「それは……」

「まあいい。いずれにせよ、私たちだけでなく、他の皆様にもお話を聞いていただいては、どうかな」

「全員に？　そうね」

「別に深い意味はなくてね。ただ、こういう話は関係者一同を集めておこなうというのが、古き良きしきたりではないかと思ったまでだよ」

そういうものだろうか。律は軽く首を傾げた。

「では一度、食堂にお入りください。私は皆さんにお声掛けしてから参ります」

数分後、食堂のいつもの席にいつものメンバーが顔を合わせた。桜子も空いた席に腰を下ろしていて、飲み物の類は、何もなかった。

六本松は訝しげに桜子に目を向ける。次郎丸も怪訝そうな顔を作っている。茶山もそういった表情だ。橋本はしきりに目を動かして落ち着きのなさを顔に宿し、南は静かな目で先輩の姿を見る。当人は、至って冷静な顔つきだ。

一度全体に顔を向けてから桜子は、

「皆さん。賀茂さんの検案のときの様子を思い出してみてください。おじいちゃん、死亡推定時刻はいつだったかしら」

「昨日の、日付が変わった零時から三時の間だったね」

「ええ。それで、どうしてその時間に収まったんだっけ」

「死体現象からの判断だった。死後硬直、体温の変化、それに賀茂さんは持続血糖測定器を着けていましたから、血糖値の推移を見ましたね。ああ、推移したのは血糖値ではなくてグルコース値でしたか。ま、どちらも同じことですが」

桜子は大仰に頷く。

「あのとき、血糖値もグルコース値も測りました。零時から三時の間に亡くなったとして、もともと高めだった賀茂さんのグルコース値は午前九時の時点で二〇二。これはとくに問題視されませんでしたよね」

「高血糖を含めての死体現象。そういう判断だった」

「ええ。それとグルコース値の推移にも、特段おかしな点はありませんでしたよね」

「はい。そうでした」

茶山は終始訝しげに、されど紳士的に孫の問いかけに応じている。南は、桜子の質問の真意を摑みかねて、ただ問答の行く末を見守っているようだった。そこで律が口を挟んだ。

「ちょっと待って千崎さん。ずいぶん、詳しい口ぶりだね」

「何が」

「機械も、糖尿病のことも。医学の心得は」

「ありません。でもここに来るのは病気持ちの方、それにお医者さんも集まるっていうから、予習をしておいたんです」

そんな性格には見えなかったが。律は次の言葉を探した。

「へえ、殊勝だね。それにしてもよく知っている」

「まあまあ」

と今度は茶山がたしなめるような声に続けて、

「それで、どこが妙なのかな？」

「引っかかったのは血糖値やグルコース値の推移ではありません。血糖値を測定できた、その事実です」

「どういうこと？」

「午前九時の検案の時点で、少なくとも死後六時間は経過していました。そして死体には、動かされた形跡はなかった。そうですよね。そんな死体からはたして、血液が採取できるでしょうか」

茶山は軽く首を捻って、

「死後採血も可能だよ。現に医療機関でもおこなわれているし」

「うん。死後間もなくなら、あるいは太い血管に針を刺せば血は出ると思う。でも心臓が止まるのと同時に血流も止まり、それから先は時間経過とともに血は固まります。そして血液就下で、身体の下のほうに集まります。

一昨日、遊戯室で見た賀茂さんの指は、蒼白《あおじろ》い顔色とちがって血色のいいものだった。でもその翌日の死体の指はどう？　次郎丸先生、検案された立場として、どうでしたか」

「ま、たしかに白かったかな」

「それこそが、血が巡っていない証拠です」

茶山は、うーんと短く唸る。

「なるほど。血糖測定は、指の腹の毛細血管でやりますからね。死後六時間以上経過したというのに、そんな末端まで血が巡っているはずがないと、こういいたいんだね」

「うん。それにあの時点では指の腹は上を向いていたんでしょう？　事実、白かったわけだし」

「でもあのとき、実際に血糖測定はできていたんですよね？」

律の問いに桜子は首を振った。

「ですから、それが間違いだったんです。できていると思われた血糖測定は、じっさいにはできていなかったんです」

茶山と南が首を捻る。

「じゃあ、あの数値は？」

「賀茂さんではなく、七隈さんのものです」

「七隈先生の？」

茶山の頭上にクエスチョンマークが浮かんでいるように見えた。桜子は一度呼吸を整えて、

「本当は七隈さんの体を確認して、指先の血液就下を見たかったのですが、別の場所に保管されているんですよね。ともかく、七隈さんの死亡推定時刻からだいたい七時

間経過しています。賀茂さんの検案は約六時間後でしたし、個体の条件もちがうでしょうけど、指先は変色し、硬くなりかけていることでしょう。針を刺すことはできませんが、おそらく刺しても血は出ません」

そこまでいうと、茶山の唸りはいっそう低音となった。眉根をひそめ、額には深いしわが走っている。

「では……。あのとき七隈さんご自身で自らの血糖値を測ったということは」

「そうする必要があったから、にほかなりません」

今度は律が表情を暗くする番だった。話はどんな方向に向かっているのか。

「そうすることで、正常に死後の生体反応が起きていると見せかけるためです」

横から南が、

「それじゃ、まさか」

「自然死じゃない。賀茂さんを殺そうと凶行に及んだのは、七隈昴さんです」

短くはない間、部屋に沈黙が降り続いた。

静寂を嫌ってか、桜子が口を開いた。

「思い出して。あのとき、賀茂さんの検案のとき。七隈さんは唐突に低血糖説を唱え、おじいちゃんと次郎丸先生を振り切って、車椅子で猛然とベッドに近づいていきました。そして、自分の使い捨ての針と簡易血糖測定器で血糖値を測っていました」

「あれが演技だった、と」

「ええ。死因から外傷が否定され、低血糖が除外されれば、賀茂さんの病気を考えれば自然死説に傾くことは想像できます。そのためには、偽りの血糖値、グルコース値を私たちに見せ、信じ込ませればいい」

あれは演技だったというのか。人生は誰もが演じなければならない道化芝居である。アルチュール・ランボーの言葉が律の頭をよぎる。

桜子は右手に持つ、簡易血糖測定器を胸のあたりに持ち上げてみせた。

「これは七隈さんのものです。二人の簡易血糖測定器は同じタイプのものでしたね。この機械でできることは二つあります。腕の針の部分にかざして現時点でのグルコース値を測ること。そして、過去のグルコース値の推移を表示することです」

桜子は電源ボタンを押した。画面にグラフが現れる。

「今は七時間ほど経って、高かったグルコース値も落ち着いてきています。さらに遡ってみましょう。これが一昨日の推移です」

零時　一二〇
六時　一〇二
九時　一六五

正午　一五〇
十五時　一七九
十八時　一四五
二十一時　一八一
二十四時　一七〇

「検案のとき七隈さんが見せたものと同じです。ちなみに朝八時では一七〇、十三時で一八〇となっています」

南が画面を覗き込み、

「それ、高血糖の人のふつうの推移じゃないんですか」

「うん。そして高血糖の人は、次郎丸先生を除いてあの場に二人いました。賀茂さんと七隈さんです。あのとき私たちは、このグルコース値の推移を賀茂さんのものと信じていましたが、そうじゃなかったんです。

この機械でできること。機械の特徴。私が何をいいたいか、わかりますか?」

顎に手を当て、思いついたように南が、

「他人のグルコース値を、自分の測定器で測れる」

桜子は頷く。

「うん。つまり過去の推移と現在の測定値が、同じ人物のものであるとは限らないんです」

桜子は律をじっと見た。

「七隈さんは自ら低血糖説を唱え、それを否定することでインスリンによる死を否定したかった。そこで賀茂さんのカバンに手を突っ込み、測定器を取り出しました。あたかも賀茂さんのものであるように見せかけて。ポケットサイズですし、こういう大事な物は、ウエストポーチに入れているものでしょう。おじいちゃんと次郎丸先生は検案で賀茂さんのほうを向いていたし、私もそれを賀茂さんのものと思い込んでしまった」

「その数値が七隈さんのものである証拠は？」

桜子は左ポケットからもうひとつ簡易血糖測定器を出して、

「賀茂さんのふだんの血糖値は誰も知りませんでしたね。これを遡ればわかります」

ボタンと画面を操作し、一昨日のグラフを表示させる。画面を全員に向ける。

六時　一一〇

九時　一三五

正午　一二二

十五時　一一七
十八時　一二九
二十一時　一五八
二十四時　一四五

「夕食後はさすがに上がっていますが、七隈さんと比べてずいぶん穏やかなのがわかります」

「それは間違いなく賀茂さんのものなのかな？　見た目は同じ機械です。先に見せたほうが賀茂さんのもので、今出したのは七隈さんの推移では？」

「いえ、これが七隈さんのものだとすると、少し変なんです」

「変？」

「初日の夕食のとき、賀茂さんは朝から何も食べてない、といっていました。糖尿病ですし、低血糖の怖さは知っているはずなので飴くらい舐《な》めていたと思いますが。それでも正午で一二二、十八時でも一二九と安定しています。ところで、食事を摂っていない状況で、はたしてこういう推移になるでしょうか」

　血糖値を上下させる要因はなにも食事だけに限らない。たとえば興奮してアドレナリンが分泌されれば上がるし、身体を動かせば低下する。それに消化、蠕動《ぜんどう》運動といった内臓運動によってても左右されるので、何も食べていないから下がり続ける、とも一概に断定はできないのだが。

茶山が口を開く。

「賀茂さんの発言を信じるならば、たしかに九時から十八時あたりの推移は妙ですね。高値を維持していますから。ただ、だからといって高いほうが七隈さんのものである、という証拠になりうるのかな？」

「さて、そこは薬院さん、どうでしょう」

「僕？　ええと」

振られて一瞬戸惑いを見せたが、律はすぐに思い至った。

「ああ、なるほど。皆さん。一昨日、僕と七隈がここに着いたのは十三時前でした。それまで僕はずっと運転で何も食べていなかったんですが、七隈はちがいます。あの日、正午過ぎに一度グルコース値を測って、そのときは一五一でした。このグラフの十二時の値と近似しています」

「賀茂さんもふだん、そのくらいだったのかも」

「ドーナツを食べたんです」

「ドーナツ？」

律はまぶたを閉じて思い出す。

「正午過ぎ、七隈は身動きのとれない車内でドーナツを食べ、降車したあとも車椅子の自走のみでほとんど身体を動かしていません。これでは血糖値の急上昇は避けられません。それがこの、正午で一五〇、十三時に一八〇という数値に表れているのでしょう」

二つのグラフを比較するように茶山は目を左右に動かし、

「たしかにもう一方は、正午も十五時も一二〇前後ですか」

「ちなみに、昨日のグラフですが」

左手の機械を操作して、桜子は昨日のグルコース値の推移を二人に見せる。エラーアラームが何度か鳴った。

「最終測定からかなり時間が空きましたが、大丈夫みたいですね」

曲線は極端に低い位置をなだらかに流れている。一日分遡ると、六時の時点で一一〇と表示される。

「こっちが比較的低血糖のほう、つまり賀茂さんのほうです。昨日はずっと低血糖状態。通常の人間なら死んでいるレベルの値です。もちろん死んでいるからこうなるんですが。くどいようですが、もう一方は」

右手の機械を操作する。一昨日の二十四時の一七〇に続き、昨日分もグルコース値はなだらかな上下を繰り返している。

「死者でこの推移はありえません。これで確実に、昨日七隈さんが賀茂さんのものとして見せたものが、七隈さん自身のものであったとご理解いただけると思います」

「ああ……」

茶山は悄然とうなだれた。桜子は続ける。

「糖尿病の人がブドウ糖や飴を携帯しているのは珍しくないですよね。七隈さんも同じです。先ほど拝見してわかりましたが、七隈さんはウエストポーチにお菓子を常備していました。飴もありましたが、ドーナツとか、個包装のカステラも見つかりました。食べればすぐに血糖値は上がるでしょう。

検案の前、あらかじめお菓子を食べておいて、死体現象であるかのように見せるため、自らの血糖値をコントロールしていたんでしょう。あるいは、朝のインスリン注射をスキップしたのかもしれません。そうでないと、二〇三という数値は、朝食前の空腹の状態では考えにくいですから」

そこで律は大きくため息を吐いた。つられて二人も息を吐く。茶山が、

「桜子、君の言いたいことはよくわかりました。測定器の入れ替えがおこなわれていた。これが明らかであるならば、殺人もおこなわれたのでしょう。殺害方法も明らかですね。加害者にも被害者にも、これ以上お手軽で身近な薬はありません……」

南がやや声を荒らげ、

「でも、どうやって？　殺された場所は賀茂さんの部屋でしょう？」

それは間違いないだろう。あのか細い老婆に大柄な中年を運ぶ力はない。それに、死にゆく者がベッドまで勝手に歩いてくれることもないだろう。

「凶器はインスリンなんですよね」

「うん。七隈おばあちゃんは内服の血糖降下薬も持っていたけど、それはあり得ない」

「どうして？」

「飲み薬はインスリン注射に比べて効き目が緩やかだから。というより注射の効きが速すぎるのね。薬を盛ったとしたら、効果は穏やかに現れて、意識消失や細胞死の前に眠気とかダルさとか、明らかな低血糖症状が出るはず。でもそれでは賀茂さんも気づいてしまう。気づいたら、ブドウ糖なり飴なり、それなりの対処をするはずで、殺す側としては、それでは意味がない。気づいたら死んでた、くらいの急速大量投与じゃないと」

そこへもどかしげに六本松が口を挟んだ。

「他の遅効性の毒という可能性はないのかね」

その問いには次郎丸がためらいながら返した。

「ないとも言い切れんな。ただ、七隈さんは数年、主治医として診てきたが、そんな毒を持っているとは思えん。それとさっきのグラフの推移を見る限り、午前三時を境に血糖値はガクッと低下しておるし、十中八九インスリンで間違いなかろう」

「でもどうやって？　私と桜子さんで賀茂さんを起こしに行ったとき、部屋の鍵は閉まっていました。インスリン注射なら、被害者と加害者は接触している必要がありますよね。七隈さんはどうやって賀茂さんの部屋に侵入し、注射をしたんでしょう。老婦人と中年男、力の差は歴然だと思うんですけど。それと部屋から出る方法も」

　南の問いに茶山が続ける。

「たしかに。仮に賀茂さんが隙を見せたとしても、お腹に注射するとなると相当に油断していたはずです。南さんのおっしゃったとおり、真っ向勝負では勝ち目はないでしょうし」

　桜子は軽く頷いた。

「動きを封じていたんだと思う。睡眠薬を使って。他の薬やお菓子と同じように、七隈さんは睡眠薬も常備していたみたいだから。さっき、七隈さんのウエストポーチを検めた時、出てきたの。お菓子と、インスリン注射器と一緒に白い錠剤が。あれがおそらく睡眠薬ね。体格がわかれば、どれくらいの分量で何時間後に効き目が現れるかは計算できます」

「それで賀茂さんを眠らせたというのか？」

「もちろん完全に眠ってしまっては意味ないわ。部屋の鍵が閉まってしまうから。だから、眠る寸前の状態を作りたかった。

流れとしてはこうね。一昨日の夜、賀茂さんに睡眠導入薬を飲ませた。解散して閑散としたころ、賀茂さんの部屋を訪れます。話があるとか口実を作って。立ち話ではなくって、少し込み入った話とかいって、部屋に入れてもらいます。七隈さんは車椅子のまま。賀茂さんは椅子に座るかベッドかですが、状況からしてベッドでしょう。ベッド端に座って話し始めるか、そういったタイミングで間を詰めて、インスリンを大量投与します。通常考えられないほどの量を。何か食べるにも睡眠薬で動きは鈍くなっていますし、注射直後から意識は遠くなっていたでしょう。一分と待たずに動けなくなるはず」

律が独り言のように話をついだ。

「なるほどね。目立たない場所ならお腹だね。普段、賀茂さんもそこにインスリンを打っていたはずだから。意識が朦朧《もうろう》としかけてきたら、今度は静脈を狙って打てばいい。作用がぐんと速まる」

律は一拍置いてから、

「それから時間をかけて死体を整えればいいってわけか。七隈は車椅子生活でしたけど、上半身はしっかり動いていましたから。片足ずつ持ち上げて、布団を掛ける。それから普通に部屋を出て鍵を閉めれば、賀茂さんの自然死体の完成だね」

茶山が顎を撫でて、

「では、鍵は七隈さんが持っていたというのかな?」

「うん。思い出して。検案のとき七隈さんは低血糖説を唱えて、持続血糖測定器のモニターを探すために賀茂さんのカバンを探ったでしょ。そのとき部屋の鍵が出てきた。探るふりをして、手に持っていた鍵をカバンに入れたんでしょうね。さもカバンの底から見つけたかのように見せかけて」

ドアは被害者自身に開けてもらい、犯行後、鍵を奪って施錠する。その後、おおやけに部屋が開かれた後、鍵を室内に戻しておく。単純といえば単純な方法だ。

「でもねぇ」

と首を傾げたのは、橋本だった。

「鍵の動き、七隈さんの行動は理解できましたわ。ですが前提として、賀茂さんに睡眠薬を盛らないといけませんね。それはいつできたんでしょう」

「夕食の席は離れていましたよね?」

食事のときはテーブルが両者を隔てていた。当然、車椅子の七隈に不審な動きもなかった。

「そう。食堂ではありません。春奈ちゃんは夕食の後部屋に戻ったみたいだけれど、あの後、館内を見学して、みんな遊戯室に集まりました。薬を盛ったのは、そのときです」

「まあ、あのとき。そういえば賀茂さんは先に入ってビリヤードをしていましたねぇ」

「遊戯室に入っておじいちゃん、私に飲み物を頼んでいたよね。そして七隈先生と喋っているうちに私が紅茶を届けた」

「ええ。部屋にポットとカップを運んだのは私と桜子でした。そして紅茶の給仕は桜子が……。ああ、七隈さんも手伝っていましたか。そうか、あの時に」

桜子は首を振って、

「いいえ、カップに紅茶を注ぐタイミングでは、薬院さんも手伝っていたのでちがうでしょう。問題はその後。注いだ後、賀茂さんと、ポーカーをしていた次郎丸先生と六本松さんは、適当に取るとのことで、彼らの分は麻雀卓に置いておいたんです。七隈さんが、それぞれ取りやすい場所に」

遊戯室には、中央に麻雀卓、左手にソファと椅子、奥に小テーブル、そして右手にビリヤード台があった。小テーブルに二人、ビリヤード側に一人いれば、置く位置と数によって、賀茂がどのカップを手に取るかは決定される。

桜子は目を瞑り、思い浮かべるようにして、

「それから私たちは壁側に並んだソファに座りました。ですが、全員がソファに座ったわけではありません。ビリヤード台を背にして、七隈さんはそのまま、私たちに向かい合う形でした。車椅子ですからね。私たちの中で唯一、カップに手の届く位置にいたんです」

「それはまあ、位置的にはそうでしょうが。向かい合う以上、横並びの人よりも衆人の目につきやすいのではないですか？　たとえば隅の人が怪しい行動を取っても逆側の人からは見えないでしょうが、七隈さんだけは、誰の目にもふれる角度にいました」

「でもあの談笑の時間中ずっと、全員が一様に七隈さんに注目していたわけではありません。途中、七隈さんは意図的に薬院さんに話を振っていました。あれは、皆さんの目を薬院さんに向けるための仕掛けでしょう。それに何より、あのとき七隈さんは手ぶらではありませんでした」

茶山は中空を見据え、しばらくして「ああ」と唸った。

「漫画雑誌か」

「七隈さんの手元には、古い雑誌がありました。B5判で、手元のティーカップを隠すには十分な大きさです。雑誌の陰にカップを持つか、安定した膝の上に乗せて薬を入れる。これだと正面と、横の次郎丸先生側からは雑誌で隠れますし、背後の賀茂さんからは自身の背中で見えません。錠剤は、あらかじめ粉にしておけば溶かすのも簡単です」

「なるほど……」

桜子の推理に、六本松は唸った。他のメンバーも厳粛な顔をして桜子を、そして律を見ている。

「素晴らしい。見事な推理だ。名探偵誕生だ」

現実の、深刻な空気を思わせない口調だった。

「いえ、私なんか、考えられる可能性からストーリーを作ったまでです」

「でも」と南が上目遣いに律を見て、

「まだ……疑問はありますよね。動機とか。だって、薬院さんも七隈さんも、賀茂さんとは初対面だったわけでしょう」

「七隈はグリオーマと認知症を患ってはいたけれど、異常行動をとるほどではなかった。幻覚に駆られてとか、精神失調をきたして突発的に殺人を犯したとは考えにくいですね」

「じゃあきっと、明確な理由があるのね」

「うん。七隈は、ここに来るメンバーのうち次郎丸先生以外とは初対面だといっていたけど、それが正しいという保証はない。長い人生だし、賀茂と面識があったのかもしれない。賀茂のブログは僕も、二人ともよく読んでいましたし。今となっては知りようもないですが。

ただし僕の考えが間違いでないとすると、夜の遊戯室の時点では殺意があったわけだから、二人が知り合いだった可能性は高いです」

「真相は闇の中、ですか」

「ただ」

といって律は言葉を詰まらせた。唾液を嚥下して、

「七隈が人を殺すほどに恨みを抱いていたとすると……、僕の知る限りでは、紗耶香の事件しかありません」

「薬院さんの婚約者さんね」

律は静かに頷いた。

「七隈が探偵事務所を開設したのは、老後の趣味という意味合いが大きいですが、あの事件をきっかけに、暇をみては関連情報を集めていました。そんな中、賀茂さんがあの事件の犯人だという証拠を掴んだのかもしれません」

茶山は首を振って、

「それはない。薬院さんの想像ですよ。いくら元刑事でも、現役の探偵であっても、警察の捜査を出し抜いて犯人を特定するなんて不可能でしょう。それとも七隈さんだ

けが知りうる情報でもあったのでしょうか」

次郎丸紗耶香は、石段から転落して死亡している。遺体は、事件性が薄いという判断から救急隊が引き取り、回収されている。茶山のいうとおり、いくら元刑事で探偵でも、その姿を目にすることはできても、そこから犯人に辿り着くのは容易ではないはずだった。

「それは、そうですね。事件現場は石段の上で足を踏み入れることはできませんでしたが、発見現場、遺体があった場所には何度も足を運んでいました。そこで何か、賀茂さんにつながる証拠を見つけたのかもしれません」

語尾がしぼんでいくのを律自身、耳で感じていた。根拠に乏しい空論にすぎないことは、彼自身が最もよく理解していた。

「可能性の話ですよね、薬院さん。それでは、こういう話もできることになります。七隈さんはなんらかのきっかけで賀茂さんを例の事件の犯人と思い込み、誤って殺害した、と」

それは律も半ば予期していたセリフだった。

「否定は、できません」

と絞り出すように答えた。

「そうですか。ああ、そうですか。では、薬院さんにとっては厳しいかもしれませんが、動機は不明、犯行がおこなわれたのは事実のようです」

口をつぐむ律に南が声をかけた。

「でも薬院さん、大丈夫ですか」

「大丈夫って？」

「途中で桜子さんの推理に同調していましたけど。身内の犯行と認めてしまって。その……、反論とか否定する材料も、全くないわけでは、なかったでしょう」

「そう、かな。千崎さんの推理は、探偵見習いの身としても素晴らしいものに聞こえました。

それに真実は真実として処理しないといけない気がして。きっとおばあちゃんなら、そうしてほしいと思って……は、ないかもだけど。残念ながら、本懐を遂げた達成感からか病死してしまって、どう思っていたかなんて知るよしもないけど」

律は顔を伏せたまま、軽く頭を掻いた。

「へえ、そういうものなのね」

と大袈裟にいったのは、桜子だった。

「千崎さん、どういうこと？」

「べつに。春奈ちゃんがいった通り、私の説明なんて穴がないでもないと自分でも思ったの。犯人に仕立てられた七隈さんの身内、薬院さんがどういう思いで私の話を聴いていたのかな、って、それが知りたかったから」

「探偵として、人として正しいことは何かを考えたら、僕は間違っていないと思う」

「そう」

桜子は気怠げに言葉を濁した。そこへ次郎丸が、

「では、その七隈さんはどうなるのかな？　自然死か、それとも誰かに殺されたのか。儂は自分の検案に自信を持っておったが、この調子じゃあ、また覆されるかもしれんな」

「そうだ。それもはっきりさせておかねばならん」

と語気を強めて同調したのは六本松だった。茶山が返す。

「賀茂さんが他殺だとすると、七隈さんについても検討しないといけないでしょう。幸いまだ保管はしてあります」

「ですが、持続血糖測定器のすり替えはもう使えません。それに七隈に殺意を抱く者などいるでしょうか」

「薬院さん。それはまあ、病死であるとは、私も思いますが」

また憶測が飛び交うのを嫌ってか、食堂はしんと静まった。

沈みかけた場の空気を陽転させたのは、桜子の明るい声だった。

「ねえ、それより皆さん喉渇きません？」

急に話の舵を切られ、皆一瞬戸惑いを見せたが、六本松と橋本が「ああ」と「ええ」と返したので、次郎丸も「うむ」と答え、律も茶山も「うん」と応じた。

「じゃ、しばらくお待ちくださーい」

といって桜子は厨房に姿を消した。

それからまた静寂が訪れたが、ほどなく、腕時計を一瞥した六本松が、

「やれやれ、もうこんな時間か」

「まあ、結構経ちましたね。もうすぐ帰る時間ですよね。あら、でも私たちまだ帰れないのかしら」

「足止めされるかもしれませんね」

「ふん、そうかね」

といって六本松が立ち上がり、入口に向かってつかつかと歩き出した。

「六本松さん、どちらへ」

「ちょっと用を足しに。それと少し疲れたから、そのまま部屋に戻らせてもらう。飲み物は、後でいいから部屋に持ってくるように、コックに伝えてくれ」

「あら、でしたら私もお手洗いに」

と、続けざまに二人が食堂を後にした。

「なら儂も行こうか」

次郎丸も続き、いよいよ収拾がつかなくなってきた。

「弱りましたね。といって、この場にとどまっておく決まりもありませんし、困ることもないのですが」

残った三人に積もる話のひとつもなく、また沈黙が訪れようとした時、厨房の扉が開いて桜子が姿を現した。

「あれ、なんか人少なくない？」

「みなさん所用で席を立たれたんだよ」

「そうなの。淹れたてが美味しいのに」

桜子が南の方を見て、

「春奈ちゃん。人も減って、ここで飲んでも味気ないし、どうせなら私の部屋で飲まない？」

「えっ、いいですけど」

「じゃ、行こう。あ、そうだ薬院さんも一緒にどうです」

「え、いいんですか」

指名されて一瞬、ドキリとしたが、すぐに冷静を取り戻し桜子の意向を確認する。

「おばあちゃんを犯人扱いされて傷心でしょうから。ま、指摘した本人がいうのも変ですけど」

「いえいえ、喜んで」

鼻の下が伸びていないか指を当てて確認して、律は席を立った。

「おやおや、若い者同士、意気投合ですか。では私も部屋で飲むことにしましょう」

と茶山が自分の分のカップに紅茶を注ぎ、手に取って食堂を出た。

3

桜子の部屋は当然ながら造りは律や南のそれと同じで、代わり映えのするものはなかった。荷物も二泊三日とあって、大きめのスーツケースひとつで、女子の部屋を思わせる要素は乏しそうだ。ただ、湯気のたつ紅茶と部屋を包む微《かす》かに甘やかな香りが、律の部屋とは異なっていた。

南が自室から椅子を持ってきて、そこに腰を下ろした。桜子はテーブルにティーポットとカップを置き、ベッドに腰を沈める。促され、律は椅子に座った。

紅茶を口につけ、南は桜子の方を向いて、

「これからどうなるのかしら」

「警察が来て、現場検証と事情聴取でしょうね」

といって桜子は律に目をやる。

「もしかして心配してくれているのなら、無用ですよ。千崎さんが七隈犯人説を指摘したことが、僕の精神的ダメージになるなんて考えなくて大丈夫ですから」

「そうですか……」

南が静かに口を開く。

「それと私の絵のこともあります。二人の死と比べれば、ちっぽけな事件ですけど」

「ううん、春奈ちゃん、ちっぽけなんかじゃないよ。絵を傷つけるのだって、れっきとした犯罪なんだから。しっかり解決しておいた方が、帰ってから春奈ちゃんも気が楽でしょう」

「そうかもしれません」

律はカップをソーサーに置いて、

「いずれにせよ、もうしばらくここに居ることになりそうだね。何か明るい話題に変えないかな。どうもさっきから、暗い方に話が振られがちで」

「ごめんね、やっぱり薬院さん、気にしているんじゃ」

「いや、個人的な感傷はないよ。ただ一般論として、暗い話ばかりだと心も沈みがちになるというか」

しぼんだ語尾は、最後まで相手に伝わったかどうかわからないほど弱かった。

「えっと、じゃあ。薬院さん、珍しいですよねその、ウエストポーチ。七隈先生も巻いていましたけど」

唐突に振られ、一瞬戸惑ったが、

「ああこれ、探偵やってると、カバンに入れるほど荷物はなくても、ちょっとした物を入れて持ち歩くのに便利でね。おばあちゃんの薬とか家の鍵とか財布とか、動きが制限されなくて意外と使い勝手がいいんだ」

「へえー、そうなんですね。確かにそのまま走り出せそう」

といって桜子は自分のカップに紅茶を注ぎ、手に取った。口につけ、ソーサーに戻そうとした時、南が小さく叫んだ。

「桜子さん！」

えっ、と小さく口にして、桜子の体はわずかにふるえた。体幹を貫く揺れが腕に波及し、指に持つカップにまで及んだ。

「ああっ」

叫びも虚《むな》しく、熱い紅茶は空中に放たれ、上に凸の曲線を描いて着地した。ただしその先はテーブルでも床でもなかった。

「ご、ごめんなさい薬院さん」

律のズボンは、股を中心に盛大に濡《ぬ》れていた。知らない人からすれば、尿意に負けてトイレに間に合わなかったように見える。

「僕は大丈夫です」

「は、春奈ちゃん。どうしたのいきなり。びっくりしちゃったよ」

「ごめんなさい。虫がいたから、つい」

「虫？　どんな？　どこに」

「小さな、ハエみたいなのです。どっか行っちゃったみたいですけど」

「そんなので驚かさないでよー。気にしないから、もう」

「私が気になったんです。虫がダメなんです。ごめんなさい本当に」

「私は無事だけど、薬院さんが」

「ですから僕も大丈夫ですよ」

「いやいや、それはだいぶ、大丈夫じゃないでしょ。位置的にアウトですよね。よく狙えたものだわね……ってそうじゃなくって、薬院さん、シャワー浴びてきたら？」

「うん、そうだね。そうしようかな」

といって律は腰を上げて踵を返した。

「あれ？　どこ行くの」

「どこってシャワーを浴びに戻るんですよ」

「そんな姿で廊下を歩いて、知らない人が見たらびっくりするでしょ。ここで浴びちゃったら早いじゃない」

「ここって、この部屋で？」

律は驚きに声を大きくした。桜子は至って冷静に話を進める。

「同じ造りなんだから、どこで浴びようと同じでしょ。その間にドライヤーでズボン乾かしといてあげる。下着は、まあ、どっちでもいいけど」

構造として同じかもしれないが、精神的には大きく変わってくるだろう。そんな思いを曖昧な返事に込めて、

「下着はいいですよ。でも、どうしてもというのなら、シャワーだけでもお言葉に甘えちゃおうかな」

ふふ、と表出しかけた微笑みを口の奥で塞ぎ、律は真面目《まじめ》そうな声色でいった。

「じゃ、ズボンだけでも乾かしときますね。そのドアの先が脱衣所ですから。脱いだらドア少し開けてズボンください。あ、それと」

そこで桜子は少し口ごもった。

「それと、何？」

「できれば、うん、しっかり体洗ってほしいかな。その、薬院さんすごく動いてるからか、ちょっとその」

やや伏し目がちに声のトーンを落とす桜子を見て、思い至った。どうやらにおいが気になるらしい。なるほどそれは自分では気づきにくい。だが、近く別れるであろう

相手を、そこまで気にする必要があるだろうか。去りゆく男のにおいなど、どうでもいいと思うのだが。度を越して気になるようなら最初から指摘するか、そもそも部屋に入れないだろうから、招き入れ、かつそれを気にして指摘までしてくれるとは、つまり、どういうことだろう。妙な妄想が芽生えた、気がした。

「わかった。しっかり洗っておくよ。二人は？　その間ここにいるの」

「居てもいいですけど。気になるなら春奈ちゃんの部屋に移動します」

「いや、僕はどちらでも」

「そう。だったらこのまま待ってますから、ごゆっくりー」

桜子の言葉で脱衣所に促され、ドアを閉めてズボンを脱いだ。ドライヤーと共にそれをドアの先の桜子に手渡す。それからドアを完全に閉めた。簡易的な造りで鍵はない。上着を脱ぎ、裸になったところで気がついた。体を拭くものがない。

脱衣所には洗面用のタオルが一枚掛かっている他、桜子の私物であろう未使用のバスタオルが一枚、丁寧に畳まれている。さすがにそれを使うわけにはいかない。仕方なく再度服を着ようとした時、

「薬院さん、そのタオル使っていいですからねー」

と図ったようにタイムリーな声が聞こえた。

「さすがにまずいよ」

「何がまずいんです」

「だってこれ」

「おじいちゃんに借りた、この別荘の備品です。持ってきたタオルは、全部使っちゃったから」

律は力なく肩を下ろした。そう、使い終えたタオルは普通、干して乾かすもので、旅先で使用前のように律儀に畳む人など珍しいだろう。

気を取り直して下着を脱ぎ、今度こそ風呂場へのドアを開けた。

「く」の字に折れるタイプのドアは白っぽく不透明な色合いで、もちろん外から中を覗けないような造りになっている。住宅でよくあるタイプだ。

中は手狭な浴槽とシャワー、それに椅子があるだけのシンプルなものだ。ここも当然ながら律の部屋と同じだった。

少し湿った股間を見る。意識すればひんやりとした感覚がないこともないが、濡れたのは主にズボンであって、何もシャワーを、まして借りてまで浴びることもなかったな、と思える程度だった。だが先ほどの桜子はシャワーにやたら積極的だったし、別の意図があるのかもしれない。体臭を指摘したこともあって、そう勘繰りたくもなる。だがまだ昼間だし、南も一緒にいる。するとシャワーはこの後順番に浴びるのだろうか。律の中で、妙な妄想が暴走し始めた。

湯の温度を設定し、給水の突起を奥へ倒す。はじめ冷たかった水が徐々にあたたかみを帯びてきて、適温になったころ、足先から湯を掛けた。

心地よい湯を浴びていると、憑《つ》き物が落ちたかのように心が軽くなる感じがした。そう、この三日間、夜鳴荘は悲劇続きだった。人が二人死に、絵が破壊された。

だがそれも、もうすぐ終わる……。

水滴の音だけが、絶えず耳に入る。もう十分も浴びただろうか。そろそろ止めようかと思い至り、給水の突起をもとに戻した。

ドアを開けてタオルを取り、体を拭いた。ドライヤーの音は聞こえない。乾燥は終わったらしい。もっとも、律は洗髪をしていないので必要ないが。

脱衣所に出ると床にズボンが畳んで置かれていた。手に取ってみると、すっかり乾いていた。ズボンを穿《は》き、ベルトを通す。

カゴに入れていたウエストポーチに手を伸ばした時、違和感が頭をよぎった。

ウエストポーチの位置が、わずかにずれている。

気のせいだろうか。そうかもしれない。

記憶違いかもしれない。だが、腰に回すベルトの部分を自分は、しっかり畳んでカゴに入れたはずだ。その畳目がわずかに上下にずれている。置き位置のずれと、ベルトのずれ。あるいは本当にそう置いたのかもしれない。何かに浮かれて、いつもと異なる置き方をしただけか。だが、もしそうでないとすると……。
律は、おそるおそるウエストポーチを手に取った。
軽い。
普段身につけている時よりも、そして十数分前に外した時よりも、ずっと軽い。
慌ててファスナーを開け、中身を確認する。
「ない……」
あるべき物が、そこになかった。まさか。いや、この状況。そうとしか考えられない。
急いで上着を着て、元の姿に戻る。脱衣所のドアを勢いよく開いた。
「千崎さん」
叫んだ先に、桜子が立っていた。
南も立っている。寄り添うように。
二人がこちらを見つめている。
見つめている、というより。
睨んでいるというべきか。
ひどく、表情が険しい。
その桜子の手を見て、

律は慄然とした。
鈍く光る切先。
ナイフだ。
構える手には、
ふるえはない。
「話をしましょう」
桜子がいった。

4

桜子の部屋には、エアコンの吐く冷気とは異なる冷めた空気が漂っている。その感覚を律に覚えさせる根源は、間違いなく目の前にいる女、そしてその手元にあった。シャワーを浴びるまでの軽く明るい雰囲気は失せた。寒気が、背中に走る。これに近い感覚に陥ったことが、何度かあった。そう、これは。

「千崎さん。どうしたのいったい。とりあえずナイフはしまって。ほら、南さんも怯《おび》えている」

南は桜子の陰で小さくなり、肩をふるふるとふるわせている。

「怖い……」

呟くように、南が吐いた。

「そうね。話をしましょう。いいえ、話を聞かせて。薬院さん」

「話？　僕の」

「ええ。でも場所を移しましょう。ここでは手狭だし、皆に聞いてほしいから」

桜子の提案で食堂に移ることになった。桜子は茶山や、他のメンバーを呼んでから向かうという。律は先に食堂に行こうとしたが、一緒に来て、ということで三人まとまって各部屋を回ることになった。その間も桜子はナイフを仕舞う場所がなく、ただ右手に握ったままだった。そのため訪れる先々から、

「そのナイフ、ああ……」

と簡単な感嘆詞でもって迎えられた。誰も、さほど驚いた様子には見えなかった。ロールプレイングゲームのように仲間を増やし、七人全員で食堂に入った。それから各々、椅子に腰を下ろす。桜子も座り、ナイフを自分の胸の前に置いた。飲み物は出ないらしい。

「さあ、千崎さん説明してくれ。いったい、どういうわけなのか」

そういう律の声には、かすかなふるえが混じっていた。

「そのセリフ、私がいいたいとこなんだけど。何からいったらいいのかな。こういう

時、探偵さんなら順序立てて理路整然と喋るんでしょうね」

「桜子、勿体《もったい》ぶらないで、はっきりといいなさい」

茶山に促され、桜子は一度目を瞑った。ゆっくりと開いて、

「そうね、薬院さん。このナイフに見覚えは？」

想定された質問だった。律は口を開く。

「僕のだ。護身用にウエストポーチに入れておいた。昔、血気盛んな男とトラブルになったことがあってね、それ以来怖くて持ち歩いていたんだ」

「銃刀法違反でしょうけど、それは措くとして。失礼だけど、シャワーの間、ウエストポーチを検めさせてもらったわ」

「だろうね。ナイフを持っていることから明らかだ」

「中身は、ナイフ以外は珍しいものはなかった。薬院さんのいった通り、薬とか鍵とか。でも薬といっても、いろいろあるのね。錠剤が入っているのかと思ってた」

桜子の言葉が止まり、次郎丸が渋い声で促す。

「お嬢さん、見たものをいうてみなさい」

「ま、いうより見たほうが早いでしょ。これ」

桜子はポケットからスマホを取り出し、撮った写真を全員に見せた。ウエストポーチの中身を俯瞰《ふかん》して撮ったものだ。

「鍵。飲み薬。飴玉。それとこれ」

画面をスクロールし、次の写真を見せた。中身をひとつずつ、床に置いて撮っていたらしい。錠剤の他に、高さ二センチほどの小さな瓶、それに細長い針の注射器が写されている。茶山が、

「写真は私に送られてきました。錠剤は睡眠薬ですね。それにしても、持ち歩くにしては量が多い。それとこの瓶ですが、これはインスリンの瓶です」

「まあ、でも薬院さんは糖尿病ではありませんでしょう」

「橋本さん。僕は七隈の健康管理もやっていた身です。万が一のため薬を持ち歩いておく癖があるんです」

「へぇ、万が一ね。でもそれって変じゃない」

「何がおかしいんです」

「糖尿病の人とか付き添いの人が、万が一の低血糖に備えて飴を持ち歩くことはあっても、その逆は聞かない。ねえ、次郎丸先生」

「うむ、高血糖も良い状態とは言えんが、低血糖と違って即、命に関わることは少ないからな。まして七隈先生はせいぜい二〇〇くらいだったし、緊急時にインスリンを打つなんて機会はなかったろうな」

茶山が被せる。

「それに妙ですね。この写真のインスリンはバイアル、つまり瓶タイプですよね。病院で医療者が使うタイプです。毎回、注射器で吸って、刺すんでしたよね。個人が持っているなんて珍しい。通常はペン型です」

「ですって。薬院さん。どうしてこの瓶が、あなたのウエストポーチに入っていたのでしょうか」

「七隈が処方されたものを、僕が預かっていただけです。バイアルかペンかなんて知りませんよ」

「あっそう。じゃ、次」

桜子はあっさりと話を断ち切った。

「えっと、次は何がいいかな。そうね、じゃ、ナイフつながりでもう少しナイフの話を続けさせて。薬院さん、脱衣所でウエストポーチのベルトを丁寧に畳んでいましたね。几帳面《きちょうめん》な性格っぽいけど、案外そうでもないのね」

「どういう意味だ」

「抜けが多いっていうか詰めが甘いっていうか」

桜子は、何をいっているのだろう。抜けとか詰めとか、それがナイフとどう関係するのか。

「部屋にティッシュは置いてありませんでした。ペーパータオルもない。ほんと不便ですよね。それに備え付けのタオルもなかった。持参したものを使うか、備品を借るしかない。薬院さんは昨日、一昨日とお風呂の後、どうされました」

「自分のタオルを使ったよ」

「そうですよね。そのタオルはその後は？」

「干して乾かして、カバンの中へ」

「そうでしょう。で、そのカバンですけど、これもシャワーの間に検めさせてもらいました。写真は春奈ちゃんに任せて、鍵は、おじいちゃんに開けてもらって」

「なっ、そんなの、プライバシーの侵害だよ。警察でもないのにそんなこと、許されるわけがない」

「まあ、いいじゃありませんか。ほほ。それで千崎さん、その後は」

「橋本さん。笑い事じゃありませんよ。千崎さん、いったい何のために」

「いいから黙って聞いてください。やっと話の整理ついてきたんだから。それでね、ありました。タオル。茶色いタオルでしたね。もちろんこれも写真撮ってます。はい」

またスクロールして、画面を皆に見せる。見慣れた茶色いタオルがそこにあった。

「色が色だけに、見つけにくかったんですけど、ほらここ、よーく見てください」

といい、親指と人差し指で拡大させた。

「ほらこれ、タオルの端に何か付いているの、見えませんか」

目を凝らすとそれは、茶色ではない別の色の何かだった。シミか汚れのように見える。

「絵の具だ」

六本松が、新種の菌を発見した細菌学者のように叫んだ。

「ピンポーン、大正解。なんたってこの絵の具を使った本人が間違いないっていっているんだし、疑いようがありません。ね、春奈ちゃん」

「はい。私も触って、匂いも嗅いでみました。油絵の具で間違いありません」

シャワーの間、そんなことをしていたのか。湯の音で、気がつかなかった。

「さてさて、ではどうして薬院さんの私物のタオルに春奈ちゃんの絵の具が付着しているんでしょうか。薬院さん、二秒でお答えください」

律は返答に窮した。返す言葉が見つからない。

「あれ、答えないんですか。じゃ、代わりにいいましょうか。答えは簡単。タオルで絵の具を拭いたからです。といっても、絵そのものを拭いたわけではありません。絵の具が付着した何かを、このタオルで拭いたんです」

「もしかして、ナイフ？」

「橋本さん大正解。では、なぜナイフに絵の具が付いていたんでしょうか。……って、ここまでくれば先は見えますよね。ええ、もちろんこのナイフで絵を傷つけたからにほかなりません」

「そんなのデタラメだ。倉庫の高枝切りバサミ。あれが絵を傷つけた刃物だよ。あのハサミの先に絵の具が付いていたじゃないか」

「薬院さん、とぼけるの上手ですね。でも、とぼけてないんだとしたら、相当のお馬鹿さんです。あっ、ごめんね。その……、今のは本音です。お馬鹿さんじゃないと、こんな馬鹿らしい犯行できませんから」

「なっ、なにを。だから高枝切りバサミは」

「だ、か、らー、あんなのフェイクに決まっているじゃないですか。カモフラージュですよ。もう、わかってていってるんだから。説明するこっちの身にもなってくださいよ。物的証拠があるんだから、『僕がやりました』で済むじゃないですか」

桜子は、ふっと息を吐いた。

「まだ納得してないの、薬院さんだけですよ。それでもやってないというのなら、証明してみせてくださいよ。できませんけど」

「強気だな」

「薬院さんこそ」

「これ以上侮辱すると後悔するぞ」

「私、後悔したことありません。ていうか抵抗すればするほど、頭悪く見えますよ。ああもう、受け入れ難いのなら私が見せてあげますね」

といって桜子は立ち上がった。「見たい人はどうぞ」というので、皆も席を立つ。律も渋々腰を上げ、全員で食堂を後にした。

遊戯室に入り、倉庫に一歩足を踏み入れた桜子は、例の高枝切りバサミを右手に持った。用心のためか左手にナイフ。物騒な格好に見えた。

桜子はナイフを茶山に手渡し、高枝切りバサミの刃先に目をやった。黄色の絵の具が固まっている。

持ったままホールに出て、荒らされた絵の前に立った。こうして複数人で絵の前に立つのは七隈や茶山と絵を見て以来だ。ホールは広いが、扉もあってやや窮屈に感じられる。

「ご覧の通り、この絵は大きいです。百号キャンバスだっけ」

「はい。人物画用の百号です」

「とにかく大きいでしょ。だから壁の、けっこう高い所から下げてありますよね」

皆が絵を見上げている。目線の先は、特に傷の激しい、人物の顔の辺りだ。

「で、この傷ですけど。絵に対してほぼ垂直に入っていることがわかります。斜めから刺したんじゃ、こういうふうには傷つきません」

「そうだったな。だから高い位置の傷をつけるのに、高枝切りバサミを使ったと思われた」

「でも六本松さん。それ矛盾していませんか」

指摘されて六本松は、はっとした顔を見せた。

「確かに。高枝切りバサミで上の方を傷つけようと思ったら、斜め下からこう、えぐるような傷になるな……」

「上の方の傷は、垂直じゃないかもしれませんわよ」

「いいえ橋本さん。じつは上の方も、同じ傷なんです。確かめました。それでですね、絵の上の方を、このハサミで同じように傷つけるのは、不可能なんです」

「まあ、どうして。簡単に届きそうですけれど」

「やってみてください。あ、実際には傷つけないでくださいね」

「わかったわ。真似だけね」

高枝切りバサミを手渡された橋本は、それを肩の高さまで上げた。槍投げの格好だった。

だが、ハサミを床と水平に近づけようとしたとき、ゴン、と音が鳴って遮られた。

「あら」

「ご覧のとおり、絵の左上の部分だけなら、ソファにでも乗れば垂直の傷をつけることはできます。ですが右上はどうでしょう。どうしても、ハサミの柄がぶつかって、高枝切りバサミでは垂直な傷を作ることはできないんです。二メートルと離れない距離に、常に開いた扉がありますから」

「あっ」

「一度、絵を下ろすか扉を閉めればできますけど。どちらも大きな労力と音を伴います。この扉、ものすごい音がたつみたいですし。慎重派、というか小心者の犯人のこと、夜中にそんなリスクの高い真似、しないでしょうから」

「そんな面倒なことをするより、ナイフを使えば簡単、というわけか」

「うん。誰にでも傷つけるチャンスはあった、っていうフェイクです。椅子があれば、誰でも届く高さですし。それにナイフの方が力を入れやすいし、確実かつ丁寧に傷つけるには向いているでしょう」

「そしてタオルという動かぬ証拠がある、と」

「だから几帳面っぽいけど、案外そうでもないって。もっと丁寧に洗うべきだったね。もっとも、備え付けのペーパータオルとかがあればそっちで拭いていたかもしれないけど、それはそれでゴミ漁れば済む話だから言い逃れはできなかったでしょうけど」

「薬院さん。弁明はありますか」

茶山が厳かな口調で問う。律は言葉を嚙み殺し、項垂《うなだ》れるだけだった。

「ないのね。じゃ、次いきましょう。食堂に戻って」

「待って桜子さん。動機がまだです。私の絵を、こんなことにした動機が」

「……それもそうね。食堂に戻って、本人から聞きましょう」

というわけで七人は食堂に戻った。


食堂に入ると、もう少し長引きそうだから、と桜子は厨房に消えた。ほどなくしていつものティーポットとカップを人数分、銀色のカートに載せて運ぶと、各人の前で紅茶を注いで回った。

「で、動機は何？　薬院さん」

律は紅茶を含み、カップを置いた後も黙ったままだった。

「黙秘ってわけ。ま、その権利はあるから認めてあげるけど。言い当てるから、頷くとか首を振るとか、せめて反応は見せてね」

「言い当てるだって？」

「気まぐれにやったわけじゃないでしょ。目的があったはず。そしてその目的は、あの絵を七隈さんに見せないこと」

「まあ、七隈さんに？　どうしてですの」

「あの絵には、二人の顔が描かれていました。架空の人物ですが、モチーフは春奈ちゃん自身と私。下に描かれていたのが春奈ちゃんで、上が私だそうです。あの顔を、見られたくなかった。そうでしょ」

「どうして」

次郎丸が横から口を挟む。

「なるほど。千崎さん。あんた儂の孫によく似ておる。あの絵の中の姿は特に。それでか」

「はい。お会いしたことはないけど、次郎丸先生のお孫さん、つまり薬院さんの元婚約者さんと私、顔が似ているんですって。髪型も、今は違いますが、絵が描かれた時期の私に近い」

「それが何か」

「七隈おばあちゃんは、病気で脳に障がいがあった。でもあの絵の、私の顔がきっかけで、昔を思い出すかもしれない。それを恐れたんでしょう。私自身を殺すわけにもいかないし、絵を壊した。上の顔だけ消してはかえって怪しまれるから、下の顔まで潰した。目的は絵の上の人物の顔を消すこと。絵ごと隠すのは大掛かりですぐに見つかると踏んで、傷つけたんでしょう。ね、合ってる？」

「ああ……」

肯定とも落胆とも取れるため息だった。皆は、前者と受け取ったらしい。

「つまり、七隈先生が絵を見て思い出すことが、薬院さんにとって好ましくない内容だった」

「思い出してほしくなかったんだ。紗耶香に関する、いっさいについて」

それだけ告白して、律は再び黙った。小さくふるえる両手で拳を作り、膝の上に押し付けた。

「どうして……。どうして僕だとわかった。それとも、一人ひとりの持ち物検査でもするつもりだったのか」

「どうしてって……。あはっ」

桜子は笑った。友達との他愛《たわい》のない話の中でふと湧き立つ、そんな笑みだった。

「どうしてっていわれても、私、探偵じゃないしなー。どういったら信じてくれるかな」

「信じる？」

「おじいちゃん、どうしよっか」

救いを求めるように桜子は茶山の方を見た。茶山は「ふむ」と小さく頷いて目を開けた。どこか、悟りを開いたような顔に見えた。

「薬院さん。絵が傷付けられたのは想定外でした。ただ、それが起きた以上、犯人はあなたしかいないと桜子は考えていました」

「だから、なぜ」

「他の六人、いえあの時点では賀茂さんも七隈さんも可能性はあるから八人ですか。とにかく全員がシロであると、知っていたからです」

知っていた、だと。

「絵を壊すメリットは、薬院さん、あなたにしかない」

「それがなぜわかるんです。犯行の可能性は、誰にでもあった」

「冷静に。可能性の話ではありません。目的、動機の話をしているんです」

「だったら動機を、なぜ。他の人にだって隠れた動機があったかもしれない。それに千崎さんが知っていただって？　それを茶山さん、あなたが知っている？　陰で話があったんですか」

茶山は首を振った。

「別に、私でなくても知っていました。次郎丸先生も、南さんも、皆さん」

「な、んだと。ならば、さっきまでの千崎さんの話は？　高枝切りバサミの検証は何だ？　まるで茶番じゃないか」

「茶番ですか」

「茶番だよ、まったく」

聞き覚えのある声が、ドアの向こうから響いた。

おもむろにドアが開かれる。

登場人物は一堂に会している、はずだった。

そうでは、なかったのか。

自動ドアではない。勝手に開くはずがない。

誰かが、奥から力を加えているのだ。

脚を動かすことなく、彼女は入ってきた。

幾度となく合わせた目線。

見覚えのある車椅子。

「最悪の三日間だったよ」

七隈昴は、そうして自分の席に車椅子を滑り込ませた。

5

「な、七隈さん？　死んだはずじゃ」

「勝手に殺さないでくれ。不甲斐《ふがい》ない孫が心配で、死んでも死に切れなかったのさ」

そんなレトリックが通じる話ではない。七隈昴は確実に死んでいた。それも、二人の医師による検案というお墨付きもあった。

紅茶のカップを置いた次郎丸が話を向ける。

「七隈先生、お聞かせ願いたい。何が起きているのか」

「まったく次郎丸先生、白々しいなぁ。それは律君のセリフですよ」

「ああすまん、つい」

つい？　周りを見ても、驚いた様子の者はなかった。話に入れず、もどかしさや焦りを表出する子どものような顔を見せてもおかしくないのに、誰もが平静に事の成り行きを見守っている。

「七隈さん、今までどこで何をしていたんです」

「図書室で本を読んでいたよ。もっと早くに出てきてもよかったけどね、解決シーンにおける探偵の登場だ。インパクトのある方がいいと思ってね」

「はあ」

まったく呑み込めない。

「まったく呑み込めない様子だね。ええと、どこから話そうか。こういう時、探偵なら順序立てて理路整然と喋るのが筋なんだが……。そう、絵の件は解決したんだったね」

七隈は確認を求めるように桜子を見た。

「うん。薬院さんが自供してくれたよ。証拠もある。動機はまだ、推論をいっただけ。

合ってるけど」

「そうかい。では残る謎は、なぜ私が生きているか、でいいかな律君」

「なぜ僕に確認を得るんですか」

「なぜって、うん、周りを見てごらん。呑み込めていないのは君だけだよ」

「さっきから感じていました。それも不可解といえば不可解で」

「何も不可解なんてないさ。そうだね、では賀茂の検案の話からしようか」

「賀茂？」

律は昨日の朝に首《こうべ》を回《めぐ》らせた。賀茂の部屋での検案、その場面だ。

「あの時の検案、君の目にはどう映った？」

「どうって。六本松さんや橋本さんの背中に隠れて、あまりよく見えませんでした」

「ああ、そうだったな」

と六本松。

「そう。あれはじつにいい位置取りでしたね六本松さん。橋本さんも。さて律君。よく見えなかった君に解説すると、あの時お二人は、賀茂の体表の変化、硬直の具合なんかを検めていたんだ」

「そうでしょう。それが検案ですから」

「だったら変だと思わなきゃ。そんなんじゃ医者としても探偵としても三流だよ」

「だからよく見えなくて」

「だとしても、少しは見えただろう。あの時の検案、明らかに変な所があっただろう。さあ、二秒やるから思い出してごらん」

二秒が経っても律は何も返せなかった。

「はい、はーい」

代わりに明るい返事をしたのは、桜子だった。

「はい、千崎さんどうぞ」

七隈はクイズの司会者よろしく桜子を指名した。

「おじいちゃんと次郎丸先生は、布団の上から検案していました。それも賀茂さん、季節外れの分厚い掛け布団を被っていたのに。ふつう身体を見るとき、布団くらい外すんじゃないですか」

「正解。というわけだ律君。正解は『掛け布団の上から検案をした』でした」

いわれてみれば、そうだった気もする。律の場所からは、布団から出た頭くらいしか見えなかった。

「そもそも、あんな分厚い布団を掛けていたこと自体が不自然。そうは思わなかったかい」

「たしか寒がりだと」

「熱帯夜だったのに？　そりゃ重症だね。でもエアコンがあるんだから調整すれば済む話じゃないか。それに彼、ポロシャツだったね。寒がりならもっと着込むんじゃないかな」

「それはそうですが」

布団はいい。重要なのは、そこではない。

「千崎さん。どうして君がそれを知っているんだ。だってあの時、君は僕の後ろ、もう完全に廊下に立っていた。僕でさえ見えるか見えないか、そんな位置だった。君はチラリとでも中が見えたのか」

「んー、えっとね」

「律君。見えたかもしれないし、そうでないかもしれない。でもそんなこと、大差ないんだよ」

「差がないわけないでしょう。見えなければ、知るよしもないんだから」

「そうでもないよ。見えずとも、今の質問には答えられるだろう。あらかじめ知っていたとしたら」

「知っていた……？」

「布団越しに検案がおこなわれる。こんな妙なことになると、彼女は知っていたんだよ」

「意味が掴めません。いったいどういう」

「もう少し進めようか。賀茂の検案の話だよ。他に不自然な点はなかったかい」

「わかりません。とにかく六本松さんたちでよく見えなかったんですから」

「よくないな。そうやってすぐ思考を放棄するのは。そう、今のが答えのひとつだよ。六本松さんたちが邪魔だったと」

事実を述べたまでだ。律はあの時目の前に立っていた二人、六本松と橋本を交互に見やった。

「あら、私たち邪魔だったのね。失礼、ほほ」

「さて、そこだ。どうしてあの時お二人はあの場に立っていたのか」

「橋本さんが検案に興味があって、ということでしたね」

「そうだね。それで立ち会った。さて、そんなことあり得るだろうか。身内ならともかく、半日を共に過ごしただけの赤の他人の検案に、一般市民が立ち会うだなんて」

「通常あり得ないでしょうけど、あの時は七隈先生が、好奇心は延命の最大の薬だと」

「あっはっは。そうだった。いや、そうなんだろうけどさ、検案の場面にそんな、好奇心を刺激される要素があるかな。気持ち悪くて逆に寿命が縮まりそうだ。それに、仮にあったとして、そんな理由で同席を許可する医者はいないよ普通」

「次郎丸先生が普通じゃないと言いたいんですか」

「馬鹿かい君は。先生は至って正常。きわめて聡明《そうめい》なお方だ。普通じゃないのはあの時の状況。そして君の方だよ」

返す文句を探ったが、口にすればまた反論を呼ぶと踏んで、律は口をつぐんだままでいた。

「六本松さんと橋本さんは、あの場にいなければならなかったのさ」

「なぜ」

「失礼ながら二人とも立派な体格をしておられるからね。入口に立っていれば、君の視界を狭めるのに効果的だろう」

「視界を、狭める？」

「さてもう少しだ。もう二、三点、間違い探しが終われば賀茂のシーンの終わりが見えてくる。あと一息、律君。あの時何があった。いってごらん」

いわれて思い出す。検案の場面。二人の背中越しに見たもの。

そして、猪突猛進《ちょとつもうしん》。

「七隈さんが異状死について講義をしましたね。それから」

「賀茂の元へ駆けていきました。車椅子で、ですけど。そしてインスリン説を確認するように、荷物を漁り、血糖値、グルコース値を測って」

「そう。異常なかった。グルコース値の推移に、異常がなかったんだよ、律君。君はあの場面、どういう頭で立ち会っていたのかな。とにかく、体表や血糖値に異常がなく、賀茂はめでたく自然死扱いになった」

異常がない、その点を七隈は異常に強調した。

「あれで確定したようなものだけどね。あの辺の検案うんぬんはまあ、泳がせる意味もあってね。シナリオ通りというかそれ以上に進んじゃったから、まあ、もう少しだけ乗ってあげようかと。慎重に話を重ねた結果、そういうことになったんだけどね」

「何を、何をいっているんです」

「回りくどい話は探偵の常だよ。特に私はほら、頭が侵《おか》されているから大目に見てくれ。さあ、それで賀茂はその後、どうなった」

「別の場所に運ばれて……」

「なんで？」

七隈が即座にツッコミを入れる。

「なぜ運ぶ必要がある。室温は管理できるんだから、そのまま部屋に安置しておけばいいじゃないか。わざわざ場所を移すなんて、手間だよ。しかも運んだのは茶山さんと次郎丸先生だったという。この中で一番力の強いのは律君、君だ。そういう時こそ力を発揮するものだろう君は。運ぶのに少し手伝ってくださいと、声くらい掛かりそうなものだけどね」

そこで七隈は言葉を切った。桜子が新しく淹れてきた紅茶を飲み、続ける。

「結局、検案は妙なことばかりだったね、お互いに」

「お互いに、ですか」

「薬院さん。賀茂さんを運ぶのに、あなたのお力を借りるわけにはいきませんでした」

「理由はわかるね律君。君が犯人だからさ」

犯人。その言葉を耳にして、律の肩はわずかにふるえた。動揺を見せまいと、律はじっと七隈を見続けた。

「おっと、勘違いしないでくれよ。犯人といっても、賀茂殺しの犯人じゃないよ」

「賀茂の話をしていたのではないですか」

「賀茂の話さ。でも殺しじゃない。殺人未遂の犯人さ」

「殺人未遂、ですって」

険しい律の顔と対照的に、七隈は涼しい顔をしている。目線はカップにいったり律に向いたりと、せわしない。

「そうだよ。賀茂は生きているからね」

「生きている？　茶山さんと次郎丸先生の検案は」

「検案？　ああ。あれは今いったみたいに違和感だらけ、不自然の塊。うわべだけ、形式的なものだよ。あんな布団の上からわかるはずがない。賀茂なら今、図書室の横の部屋にいるよ。あ、そうだ」

「今度は何です」

「話が逸れるが、もうひとつ思い出した。昨日の夕食の後、帰りの車の話があったね。誰がどの車に乗るかって。あれを聞いて君は何も思わなかったのかい」

「何って、あ」

「賀茂だよ。賀茂の遺体は葬儀屋に運んでもらうって話だったじゃないか。茶山さんにはその手続きがある。だけど一緒に帰るって話になった。変だろ。あれは茶山さんのミスだ。誰も指摘しなかったけどね」

「あいすみません」

「で、検案に戻るけど。あれはね、君がどう動くか、それを知りたかった」

「僕が？」

「君は賀茂の口を封じた。それで終わりかもしれないし、凶行が私にまで及ぶかもしれない。私だけなら、家に帰ってからでも簡単に口封じができるけど、短絡的な君なら連続して自然死に見せることも十分考えられた。赤の他人がいる方が、二人きりの時に死ぬより説得力が増すだろうとでも思ったのかな。案の定、君はそうした。私にも賀茂と同じ手で犯行に踏み切った」

何も返さない律に代わって橋本が、

「まあ、おそろしい」

と呟いた。

「君の手段は単純だ。インスリンを使って自然死に見せかけるというもの。力の上では優位だが、殴ったりして傷を残すのは論外。あくまで自然に、天寿を全うしたと見せる必要がある。警察の捜査が及ばない為にね。となれば単純な君のこと、手っ取り早いのはインスリンを使うことだ。君自身、私の分をウエストポーチに入れているからね。そう、その液体の入った小瓶のことだよ。ペン型のインスリンもあるが、あれは一度に大量投与できない。何度も皮膚に抜いたり刺したりする内に、相手が起きないとも限らない。だからやるなら瓶の方を使う。君ならそう考える。長い付き合いなんだ。君の考えくらいお見通しだよ」

七隈は紅茶を啜る。

「だから中身をすり替えておいたんだ。ここに来る前にね。中はただの生理食塩水だよ。皮下に刺しても血管に入れても何ともない。それとペン型ではなく、わざわざバイアルと注射器を預けたことに、君は違和感を感じなかったのかな。まあ、なかったんだろう。だからこそ預けられたわけだが……」

律は、冷たい液体が肌を伝うのを感じた。夏の陽気が嘘のように、ひどく肌寒く感じられる。

「ここに来る前、ですって？」

「そうだよ。だって瓶は君が管理しているから。着いてからでは、すり替えは難しそうだったからね。そうそう、念のため賀茂のバイアルも、中身を替えておいてもらったんだ。ま、君なら持参した方を使っただろうけど」

「なぜ？　なぜそこまで」

「いや実際、それはこっちのセリフなんだけどね。あとはそうだね、賀茂の持続血糖測定用の針を抜き、薄めた砂糖水に浸けて、死後のグルコース値に見せかけた。抜くときグラフが途切れるが、二十四時間のうちの一瞬だ。気づかなかっただろう。……ああそうだ、ついでにいうと賀茂は、我々が来ることを知っていたんだよ。ま、君も当然知っていただろうけど」

「な、ま」

な、まさかという言葉が喉の奥で停滞した。

「そう。名前だよ。君が見たあの、賀茂の手帳。あれに名前が書いてあっただろう」

「ありましたが」

「あれはもちろん、初日の自己紹介の時に書かれたメモではない。なんといっても、自己紹介の順とは名前の並びがバラバラだからね。そう、あの名前はここに来る以前に書かれたものだよ」

「そんな。なぜ」

「まあいいじゃないか。次」

　と七隈は、もったいぶるように話題を逸らした。

「七隈先生、薬院さんが話についていけていないようですが」

　そっと茶山が言い添える。まったくその通りだ。この状況は、控えめにいって混乱と表現して間違いなかった。

「では次に、私殺しに移ろう」

　進言を無視して七隈は進める。

「待ってください、動機は。僕が賀茂を殺したとして、動機は何ですか」

「そんなこと、君自身もここに居る皆も承知している。不要な説明はやらないよ」

　皆も、だと。

「ああもう、また黙ったね。じゃ、簡潔に話そう。口封じだろう。私を殺そうとした理由も同じ。賀茂は記者として次郎丸紗耶香の死を追っていた。町医者の跡取りの突然死だ。雑誌のネタとしては小さいが、彼、食うに困っていたからね。小さな事件でも、ものにしたかった。おっと、失礼」

言い終えて、七隈は次郎丸の方を見た。

「小さな事件ではありませんぞ」

「すみません。世間的に小さくとも、遺族にはそんなこと関係ありませんからね。そう、次郎丸先生にとっては唯一の孫、跡取りを失ったわけだ。小さいわけがない。それで賀茂は紗耶香の死を探ることにした。当然、すぐ君に辿り着く。高所恐怖症の女性が石段から転落したという違和感を解くべく、彼は聞き込みを始めた」

「いやちょっと待ってください。たしかに賀茂と面識はありました。なぜって僕の元にも聞き込みに来たくらいですから。最初の食事の時、見間違いじゃないかと思ったくらいです。

ですが紗耶香の死を嗅ぎつけて来た、というのは……。そこから調査を始めるだなんて。探偵でもあるまいし」

「報酬のために事件の調査を請け負う。記者もある意味、探偵みたいなものじゃないか。それで、事件現場付近の防犯カメラの記録を見返したりしたらしい。君も本人から聞いただろうけどね。警察はその時点で事故死と見做《みな》していたから、詳しい調査はしていない。君の狙い通りだ。そして防犯カメラにも映像は残っていたんだけど、それが君かどうかの断定は、賀茂には難しかった。

その映像というのはね、神社に向かって傘をさして歩く二人の姿と、その数十分後、今度は同じ傘の男が一人、神社から帰っていく場面だった。ああそれにしても喉が渇く」

そこで話を拾ったのは次郎丸だった。

「それで賀茂はその映像を君に見せた。一昨日の深夜のことだ。ま、揺さぶりだな」

「で、強請《ゆす》られて、否、揺さぶられて君は、ほら例の短絡的思考を発揮して、賀茂を消さなければと思った。加えて、ホールの絵を見て紗耶香のことを思い出すかもしれないと、私まで殺そうとした。それと昨日、次郎丸先生との面談の時、私が紗耶香の死の真相を知っているといったからね。妄言と取るか、真実と受け止めるか。真面目な君のこと、後者だろう。案の定、行動に移した。いや、わかりやすい反応だったよ。二晩に分けたのは、一度に二人では不自然と思ったからかい？」

律はまた貝のように黙った。七隈が続ける。

「初日の夜、ビリヤードをしている賀茂と目が合っただろう。彼は君と話したがっていた。君も同じだったろうけどね。それであの後深夜になってから、賀茂の部屋で君たちは会った。この会が終われば、他の証拠と併せて警察に行く、とでもいわれただろう」

「それで口を封じようと思ったのか」

「ずいぶん自己中心的なのね」

「千崎さん、犯人なんて自己中心的な人間ばかりですよ。

では次に、私殺しに移ろうか。その前に紅茶のおかわりを。ビールでもいいけど」

桜子が立ち上がり、ポットを持って七隈の元に歩み寄った。紅茶を注ぎ、席に戻る際、

「まだ話続くんだよね。お茶菓子はいかが」

というので七隈は「ぜひ」と大袈裟に頷いた。ほどなく、皆の前に白磁の丸皿が置かれた。焦茶色や桜色のクッキーが重ねられている。

「律君、食べたらどうだい。きっともうこんな美味しいお菓子にはありつけないよ君」

いわれて律は手を伸ばしたが、味はわからなかった。

「ねえねえ、七隈おばあちゃん殺しの話は？」

「ああ、そうだった。律君、君がやったんだから自分でいったらどうだい。喋りっぱなしは疲れるんだが」

「七隈さん。薬院さんもお疲れですよ」

「つれないな。年寄りの探偵より若い犯人を労《いたわ》るなんて。まあ仕方ない。ええと、殺しの方法は同じくインスリンだ。自然死に見せること。律君が力を入れたのは、この

点に尽きる。前の晩、賀茂がやられたから用心していたんだが、夜中に心配を装って訪ねてきたね。ああ、来たな、と。ウエストポーチから取り出すのがナイフなら困ったが、彼の思考上、刺殺なんてあり得ないからね。案の定、細長い針の注射器を取り出した。それで私の細い腕にブスリと」

「まあ、痛ましい。それで？」

「いえ橋本さん。そんなに痛くはないのです。針は極めて細いですからね。それに糖尿で痛覚が麻痺しているのもあって、何度刺されても、皮膚は刺激に慣れてしまっているんです。だが心が痛かった。私は今、孫に殺されようとしているんだな、なんて思うと、こみ上げてくるものがありましたよ」

白々しいほどに七隈の口調は普段と変わりない。

「ふん、それで朝まで待ったのか」

「ええ。律君は鍵を奪って施錠していきました。朝方、茶山さんに開けてもらい、検案が始まる前にこっそり返しておいたのでしょう。それで私は、検案の際、彼に顔を見られないよう壁向きうつ伏せの体勢で、なるべく胸が上下しないよう、浅い呼吸で待っていました。ここでも茶山さん、次郎丸先生が上手く隠してくれたお陰で、それに彼の愚鈍さも加わって、生きていることを悟られないで済みました」

「でも薬院さん、その場でやらなかったの？　死んだかどうかの確認」

律は無言で俯いたままだった。

「律君。若い女性がわざわざ質問してくれているのに応答なしかい。……千崎さん。それも大事だが、彼の場合、保身の方が優先順位が高いんだ。現場に長居することで見つかるリスクを何よりも恐れた。実行したらすぐに立ち去る。夜の廊下は薄暗い。室内から光が漏れて物音がしたら、他にたまたま部屋から出た人がいた時に犯行が露見するかもしれない。間抜けといえば間抜けだが、犯行があった事実を隠すための、彼なりの考えの表れだよ」

「ふぅん。慎重派というか小心者というか、石橋を叩いて渡れず、って感じね」

「渡ったつもりだったろうけどね、本人としては。ま、お陰で私は三途《さんず》の川を渡らずに済んだ」

ふうと大きく息を吐いたのは茶山だった。

「七隈先生、そろそろ警察が到着されるころですが」

「着いたら紅茶とクッキーをお出ししましょう。隔てるもののない場所での、孫との最後のやり取りを哀しんでいるんです。少しくらい待ってもらっても構わないでしょう」

七隈は会話の中で、哀しみを感じさせる気配を発していない。少なくとも律にはそう感じられた。彼女は今この場を、祖母と孫としてではなく、探偵と犯人との関係として楽しんでいるようだ。

「ええと次。私殺しは終わったから、あれ、もう終わりかな。あ、いくつか確認があった。といっても私たちには意味のないことだけどね。壁の向こうに入る君がいつまでも悶々としていたら頭髪が薄くなるだろうからね。ま、ここからはサービス、おまけトークだと思っていい」

「サービスって、どんな」

「そうだね。君の誤解があればこの際、解いておこう。そう、私が死んだ後、南さんの指を見て、千崎さんが賀茂他殺説、それも私が犯人だと推理しただろう。あれをどう思った？」

あれは見事な推理だった。自然死に見せかけた犯行に、後付けとはいえあんな別解を添えられるとは。

「君の立場上、賀茂は自然死であることが望ましい。だから他殺説が出た時、焦ったんじゃないかな。だが否定できる材料もなかった。だから私が犯人であるという説を受け入れた。いや、そこまで考えが及んでいなかったのかもしれない。その辺をすり合わせていこう」

そこで橋本が口を挟んだ。

「それが妙よね。賀茂さん、病死という結論でも押し通せたでしょうし。七隈さんを思えば、薬院さんとしては、そのままそっとしておいた方がよかったんじゃないかしら」

「だ、そうだよ。どうだい律君」

だんまりを決める律に代わって、桜子が返す。

「賀茂さんの件は七隈おばあちゃんを犯人にして、七隈おばあちゃんの件は自然死で通すつもりだったんじゃない」

「だろうね。それが君にとって一番都合がいい。同じ手口で別の犯人がいるとは考えにくいし、私の病気もかなり進行している。私の検案では、血糖測定器の細工なんて誰もしていなかったしね」

「そっか。そうね。薬院さん、黙ってるけどそれでいい？」

黙る律を無視して七隈は続ける。

「さて。千崎さんの推理には彼女自身がいったように、穴があった。それに君は目を瞑《つぶ》ったのか純粋に納得したのか知らないが、あの推理の意図は別にあったんだ」

「どういうことです」

桜子が口を挟む。

「薬院さん。実のおばあちゃんが犯人扱いされているんだよ。おばあちゃんは、それを否定してほしかっただけ」

「そうやって君の真意を知りたかった。私を庇護《ひご》するか、犯人だと追及するか。君は曖昧に、だが千崎さんの説に乗った。つぎはぎだらけの推論に乗って、私が犯人だと黙認したんだ。守ってほしかったね、あれは」

七隈の口許から余裕のある笑みが消えた。唇を間一文字に締めたかと思うと、乾燥した粘膜はゆっくりと三日月を形作った。

「だからもう仕方ない。私も祖母としてでなく、探偵として君と対峙《たいじ》しようと、そう決めたんだ」

「それで？　誤解を解くうんぬんはどうなったんです」

「そうそう千崎さんの説だけどね。まず賀茂の検案の際、私が血糖測定器をすり替えたという話だった。それはあったかもしれないし、なかったかもしれない。……実際、なかったんだが。血糖値の推移を元に捏《こ》ね上げた、こじつけだよ。鍵もそうだ。検案の時私がこっそり戻しておいたという話だったが、本当は賀茂自身が室内から施錠しておいたにすぎない。君は賀茂が死んでいると思っていたからそれで納得しただろうけどね。生きているんだ。鍵ははじめからカバンにしまってあったんだ」

「じゃあ、では……」

「それと遡って睡眠薬の話があったね。初日の遊戯室で、私が賀茂の紅茶に薬を入れたという話だ。なるほど私は薬を常備している。その意味では可能だ。だがあの場に君も橋本さんもいた。衆人環視とまではいかないが、常に周りの目があった。あんなところでバレずに紅茶に薬を入れるなんて、できない。リスクが高すぎて、私が犯人ならやらないね」

「そっか、薬院さん程度の頭だから同調して乗っちゃったのね」

「桜子さん、失礼では」

「ごめん春奈ちゃん。思ったことが出ちゃう口で」

「いえいえ千崎さん。律君程度の知能だから君の話に乗った。その一面もあります」

といって七隈はクッキーを口に放り込む。

「さて律君。千崎さんの話では漫画雑誌に隠してカップに睡眠薬を入れたんだったね。けれど、車椅子に座る座高の低い私がそんなことをして、すぐに見つかるだろうと疑問に思わなかったかい。隠れて手元でそんなことをしているのでは、即刻怪しまれそうなものだが」

といって次は紅茶を飲む。

「つまり君は都合よく話が進んでくれるなら、それでよかった。あるいは本当に疑問を抱いていなかったか。もちろん睡眠薬なんか入れていない。私の作り話。それを千崎さんの口から君に語ったまで」

律はポカンと口を開けて、「ああ」と小さく唸った。

「さて他に質問は？」

いわれて律は、こみ上げてくる疑問をゆっくりと言葉に変えた。

「わからないことだらけです。僕が犯人だと知っていたとか、千崎さんも、賀茂の検案を見なくても知っていたとか。いったいどこまで、いやどこから知っていたんですか」

「全部だよ。最初から」

「最初って」

「賀茂には確信があった。君が紗耶香を殺したという確信が。防犯カメラの映像と、高所恐怖症なのにわざわざ高い所へ行くわけがないという違和感からね。だがそれでは確たる証拠にはならない。だから直接君に聞いた。揺さぶった」

「まずそこがわかりません。賀茂がどうしてそんな真似を。記事にするためですか？」

「儂が雇ったんだよ」

しわがれた声の次郎丸がいった。

「賀茂とは顔見知りだったからな。楽しくはなかったが。どこから聞いたか儂の過去の話を掘りかえすような男だ。人間性はともかく彼の調査能力を買った。孫の死の真相を調べろと依頼したのは、儂だ」

「次郎丸先生が、賀茂を？」

「うん。それで賀茂は君の過去を調べた。一昨日の深夜、君も彼から聞いたんじゃないかな」

記憶を探る。賀茂との会話に意識が移りかける。

「君、複数の女性とお付き合いしていたそうだね。中には時期が重なるものも、いくつかあった。自分で自分を器用と思い込んでいる君のことだ。上手く付き合っていたんだろう」

「まあ、浮気していたんですか」

「橋本さん、もう結構ですよ。……うん、それで、相手は大抵、資産家の娘とか医者の娘とか、金銭的に裕福な人ばかりだったそうだね。ある程度いい思いをしたら別れる。そんな交際を繰り返していたようだ」

「けしからん男だな」

「そうこうしているうちに出会ったのが、次郎丸紗耶香だ。町医者の跡取り、たった一人の親族。それも祖父は老い先短い身ときている……、ああ、どうも」

「構わん。続けなさい」

「これは絶好の条件だと君は踏んだ。ちがうかい」

「条件って？」

「千崎さん。君ももういいよ。でもお陰で話が滑らかだ。

知っているだろう。遺産相続にはピッタリの条件だよ。町医者で金があり、相続人は紗耶香。その彼女が死ねば自分に金が転がり込んでくる。こんな美味しい話はない。軽率な君なら、そう考えただろう」

「薬院君。つまり君はそういう目的で孫に近づいたと、それで合っておるかね」

「ちがう。僕は彼女を、紗耶香を愛していた」

「ま、どう吠《ほ》えようと彼女が不自然な死を遂げた以上、何とも返しにくいけどね。遺産目当ての結婚。それが君の当初の目的だった。だが紗耶香の君に対する疑いは強まり、どうしようもなくなった君は金より保身に走った。それで事故死に見せかけて殺したんだ」

「そんな、証拠は」

「この話を、どうして私が知っていると思う？」

「どうしてって」

「私は病気のことで次郎丸先生にお世話になっている。当然、紗耶香とも顔見知りだった」

「そうですが」

「そして私は探偵だ。事務所を構えている」

「知っています」

「だが君は不在のことも多かっただろう。依頼人のことを一番把握しているのは、所長である私だよ」

「それがどうしたんです」

「紗耶香は私の依頼人だった。君との交際が始まってしばらく経ったころ、私のもとを訪ねてきたんだ。どうだい、初耳だろう」

律は何も発せなかった。それを肯定と受けたか、七隈はまた流暢《りゅうちょう》に語り始める。

「賀茂が調べる前にも、生前、紗耶香は独自に君の過去を調べていた。賀茂ほど詳しくはなかったけどね。それで君に不信感を抱き始めた。それでこういったんだ。近いうちに自分が死んだら、犯人は律君、君だと」

「なんですって」

「デートに行っても楽しそうじゃない。笑顔はうわべだけ。仮初《かりそ》めまみれの日常だ。テーブルを囲み手を合わす時さえ、ありのままではない。本音が歯に挟まったみたいに何を考えているかわからない。紗耶香は淡々と、そんなことを語ったよ」

「つまんない男ね。知ってたけど」

「それで私も君のことを調べた。孫のこととはいえプライベートはあまり知らなかったが、なるほど紗耶香のいった通りだった。君はこと殺人となるとずさんだが、恋愛まがいの詐欺には向いていたようだね。女性たちに真実をうまく隠し、搾取してきた。このことは後に賀茂が調べる上でも有益な情報となったみたいだがね。ともかく、そのころから私は君を危険人物とみなした。注意し始めたんだ。だがまさか本当に殺してしまうとは思っていなかった。誤算だったよ」

次郎丸がそっと添える。

「そして紗耶香のいった通り、不自然な死を遂げた」

「あーあ、やっちゃったな、と思ったよ。でも物的証拠を残していないだろう。映像だけでは告発するにしても弱い。だから、君自身から名乗り出てもらおうと思ってね。するとどうだ、思ったとおり動いてくれた」

「名乗り出る？　思ったとおり？」

「うん。君は二つの殺人未遂と器物損壊をおこなった。これで決定。たとえ紗耶香を殺していないと言い張っても、もう逃げられない。じつにやりやすかった。絵を壊されたのは、まあ、南さんにすまないとは思うが」

南は七隈を見て小さく頷いた。表情からは何も読み取れない。

「これでまあ、次郎丸先生の思いは成就したことになる。大袈裟だが、正攻法で行っても君は口を閉じるだけだから、行動に示してもらう方が早いという読みだったわけだ」

「次郎丸先生の思い？」

「なんだ、まだ呑み込めていないのかい」

そこで七隈は、すうと息を吐いた。

「ここに来るときいっただろう。君はスペシャルゲストだって」

そんなことを聞いた気もする。

「〈かげろうの会〉は茶山さん主宰の、実在する会だよ。でも今回は特別編。趣向を変えていた。公民館じゃなく、別荘に泊まってまで催した」

そんなことも、いっていた。だが。

「わかるかい？　今回は律君、君のための会だったんだよ。君が自然死に見せかけて賀茂の口を封じる、言い換えれば紗耶香の死について自分がやったと自供する、それを見届けるための集まりだ」

「なんだって」

「次郎丸先生の発案だ。私も協力した。いや、協力したのはここにいる皆さん、それに賀茂もだが。彼が防犯カメラのデータを入手して君の犯行を確信したのは最近のことでね。ようやく開催に至ったんだ。君の性格上、この状況で凶器はインスリンになる。刃物や鈍器は使わない。そのことを織り込んだ上での計画だよ」

瞬間、目の前が真っ白になった。次に視界の端から亀裂が入り、それが世界の全体に広がって、頭の中で、何かが崩れ落ちるのを感じた。

「じゃ、じゃあこの人たちは」

「発起人は次郎丸先生。脚本は茶山さん。六本松さんと橋本さんは、私の後輩に当たる」

「後輩って」

「あら。こう見えて警察で働いていたことがあるんですよ私たち」

「病気を患って退官されているけどね。二人とも演劇が好きで、体調のいいときは趣味で役者をやっておられる。まあ、珍しくもないことだ」

「六本松さんは演技が過ぎて空回りしていましたけれどね。ふふ」

「あれくらいやった方がいいだろう」

「千崎さんと南さんは？」

「正真正銘、茶山さんの孫とその後輩だ。二人ともゲストだが、当然、事情は知っていた。君のことだ、何をしでかすかわからないからね、部屋以外で単独行動は控えるよう伝えておいた。私も他の皆さんも君のことを監視していたから、問題はなかったが」

桜子が口を添える。

「ま、いざとなれば私も、しゃもじとスプレー持ってたんだけどね」

「私も、面相筆を」

「そんな……」

律は自身の表情が固まっていることに気づいた。いったい、いつからだろう。

「じゃあ、あの、千崎さんの推理は」

「ああ、あのパートは私の台本だ。それを演じてもらったまで。彼女、ミステリには疎いようだからね。もしかして、探偵としての才能が突如覚醒したとでも思ったかい」

椅子に座っていなければ、膝からくずおれる思いだった。

「それと賀茂だが。検案の後、すぐ彼に出てきてもらってもよかったんだけどね。君が私に対してどう対処するかも知りたくて、長引いてしまった。まあ、概ね台本どおりだったわけだが」

律は膝の上の拳を強く握りしめた。

「ていうかさ」

桜子がそっと囁く。律の方を見て、今度はしっかりとした口調で、

「婚約者さんに素行調査を依頼されるってことは、その時点で怪しまれてたってことだし、完全犯罪?に見せかけたつもりなんだろうけどバレてるし、おばあちゃんのシナリオに乗っちゃってるし、探偵っぽさもなんだか中途半端だし、うーん、なんてい

うか」

言葉を探すようにわずかに口籠り、

「探偵としては三流、犯人としては半人前、人としてクズ、って感じ？」

「桜子さん、言葉が汚いですよ」

「春奈ちゃん優しいね。絵が傷つけられたのに」

そこで一瞬の間があった。

「……まあそうですね。私たちの顔が傷つけられたみたいで、いい気分ではないですよね。いくら、ああなることを想定して描いたとはいっても」

「まさか、あの絵も」

「今さらまさかもないでしょう。私があんな下手な絵を描くわけないじゃないですか。あれは七隈先生に頼まれて、三日で描き上げた習作です」

遠くから音がした。瓦礫《がれき》の崩れる音だ。だが静かな食堂に瓦礫などなく、幻聴だと気づいた時には茶山が次の言葉を発していた。

「反論はありませんか。なければ起立して回れ右を。警察が着くまで、手ぐらい縛らせてもらいましょう」

律はおもむろに立ち上がった。テーブルに背を向けて、従命の意思を示した。

※

「……先生、七隈先生」

呼び声に目を覚ました。声の主は次郎丸先生だった。

「やあ、起きなさったか。あんまり気持ち良さそうに眠っておったから、起こすのもためらわれたが。流石にそうもいっておられんでな。そろそろ警察が来る」

「警察……、ああ」

いつの間にか目を瞑っていたらしい。これまでとこれからを思う心労からか、あるいは単に疲れが押し寄せてきたか。

「律君は？」

「薬院君なら、ほれ」

次郎丸先生の指の先、食堂の隅に律はいた。後ろ手に縛られ、椅子に固定されている。テーブルで見えないが、おそらく脚も動かせないだろう。伏した顔は髪に隠れ、その表情を窺うことはできない。

「夢を見ていました。それとも、幻覚でしょうか」

「ほう、どんな」

「今より齢を取った律君が、太陽の下をゆっくりと、私の方へ歩み寄ってくるんです。ひまわり畑です。夏の色彩の中、彼が後ろに回り、車椅子を押して歩き出す……。そんな夢でした」

「罪を償えば、あるいは、な」

「ハハッ、そのころにはもう、私の方が彼の中で幻になっていますよ」

「お互い、死ぬまで生きましょう」

「ごもっともです」

話が一区切りついたところで、桜子が近づいてきた。こちらも南との話が落ち着いたらしい。

「春奈ちゃんやっぱり、絵のこと気にしちゃってるみたい」

「そうかい。すまなかった。習作とはいえ、君が傷つけられたのと同じだからね」

「私はいいんだけど」

といって桜子は律に横目をくれた。

「私、ミステリとか苦手なんだけどね」

「そういっていたね」

「推理が苦手とかじゃなくって、犯人の動機が理解できなくて敬遠してきたの。なんでそんなことやるの？って」

「それで？」

「探偵さんの擬似体験やって、何かわかるかなって思ったけど。やっぱりわかんなかった。人の心って難しいのね」

「そういうものだよ。彼は特に」

「でも、ちょっといいな、とも思った。ぜんぜん、やりたくはないんだけどね」

「何が？」

「探偵」

私は口許に小さな笑みを浮かべた。桜子の口もまた、私と同じ形をしているようだった。真面目というでもなく、友達と雑談でもするような抑揚で彼女の口から出た私の天職は、この三日間を通して桜子にはどう映ったのだろうか。

「ちょうど助手の空きができた。帰ったら求人を出そうと思っていたところだ」

その助手の不祥事で潰れる可能性は高いが。

「えっと、とりあえず本とか読んでみるね。仕事としては……、うん。料理人の方が安定してると思う。それよりもう少し時間あるんでしょ。飲み物でもいかが？」

「ではコーヒーを」

「次郎丸先生もコーヒーでいい？」

先生が頷くのを見て、桜子は立ち上がった。

「薬院さんは？　いろいろあって喉が渇いたでしょ」

「え……、ああ」

そこでようやく律は顔を上げた。髪が乱れ、目に疲労の色を滲ませた律は、この一時間で三つ四つ齢を取ったようにも見えた。

「コーヒーを」

「ちょっと待っててね」

といって桜子は振り向いた。

※

「……ちゃん、春奈ちゃん」

呼び声に目を覚ました。声の主は桜子さんだった。気を失ったように眠りに落ちていたらしい。絵を壊されたストレスが一気に押し寄せてきたのか。それとも、私ももう近いのかもしれない。

「ああ、起きた。大丈夫？」

「はい」と頷いておく。

「皆にコーヒー淹れているんだけど、春奈ちゃんもどう?」

「皆って、全員にですか?」

部屋の隅の犯人に視線を投げた。

「うん」

私は、手慰みにピルケースを開けたり閉めたりしてみた。色とりどりの錠剤が見え隠れする。

「私も手伝います。すぐ追いかけますから」

ピルケースを持って立ち、犯罪者の椅子に近づいた。

彼は私に気づき、顔を上げる。

虚《うつ》ろな目はどこか焦点が定まっていない。

それこそ、低血糖症のようにも見えた。

「コーヒーに砂糖を入れましょうか」

「……ああ」

肯定か諦観か。声に力はない。

すっかり茫然《ぼうぜん》としている。その姿を見て思った。後で、縄を解かなければ。

コーヒーが飲めるように。

それから厨房に向かった。

桜子さんはすでにポットとカップ、それにスプーンを準備しているところだった。

「もう淹れ終わっちゃったよ」

「すみません。それより薬院さん、砂糖が要るみたいで。用意しますから桜子さんは先に他の方へどうぞ」

「場所わかる?」

首を振ると、桜子さんは砂糖の位置を教えてくれた。それから静かな足どりで、食堂へと消えた。

静寂に満ちた厨房で、私は目を閉じる。

薬包を剝《む》く。スプーンを持つ。

スプーンの裏を押し付ける。

鈍い音を伴って、錠剤が粉々になっていく。

どんなにか、苦いコーヒーになるだろう。

それとも砂糖が勝つだろうか。

味を聞いてみようと思う。

答えてくれるだろうか。

口を開かないかもしれない。

まあ、どっちだっていい。

どうせそろそろ死ぬんだし。

参考・引用文献

『死因不明社会2018』海堂尊　講談社文庫
『死ぬ瞬間　死とその過程について　完全新訳改訂版』エリザベス・キューブラー・ロス　鈴木晶＝訳　読売新聞社

刊行にあたり、第23回『このミステリーがすごい！』大賞・文庫グランプリ受賞作品「どうせそろそろ死ぬんだし」を加筆修正しました。

この物語はフィクションです。作中に同一の名称があった場合でも、実在する人物・団体等とは一切関係ありません。

# 第23回『このミステリーがすごい！』大賞

本大賞は、ミステリー&エンターテインメント作家の発掘・育成をめざす公募小説新人賞です。

『このミステリーがすごい！』を発行する宝島社が、新しい才能を発掘すべく企画しました。

## 【大賞】

「謎の香りはパン屋から」土屋うさぎ

## 【文庫グランプリ】

「一次元の挿し木」松下龍之介

「どうせそろそろ死ぬんだし」夜ノ鮪

※香坂鮪に改名

第23回の受賞作は右記に決定しました。大賞賞金は一二〇〇万円、文庫グランプリは二〇〇万円（均等に配分）です。

●最終候補作品

「どうせそろそろ死ぬんだし」夜ノ鮪
「わたしを殺した優しい色」瀧井悠
「九分後では早すぎる」入夏紫音
「一次元の挿し木」松下龍之介
「魔女の鉄槌」君野新汰
「私の価値を愛でるのは？　十億円のアナリスト」松井蒼馬
「謎の香りはパン屋から」土屋うさぎ

# 〈解説〉余裕がもたらす驚きとユーモア

古山裕樹（書評家）

余裕を感じさせる語り口で、たくらみに満ちたストーリーを語る。読者を幻惑する驚きが仕掛けられていて、最後まで読むとおのずと読み返したくなる。

香坂鮪《こうさかまぐろ》の『どうせそろそろ死ぬんだし』はそういう小説だ。本書は第23回『このミステリーがすごい！』大賞の文庫グランプリ受賞作である。

探偵事務所を営む七隈昴《ななくますばる》は、助手の薬院律《やくいんりつ》が運転する車に乗って、ある山奥の別荘に向かう。別荘の所有者である茶山《ちゃやま》が主宰する会に参加するためだ。「かげろうの会」は、茶山自身を含め、さまざまな病で余命宣告を受けた人々が集まる会である。七隈は探偵としての経験を語るゲストという形で、助手の律とともに別荘を訪れた。

七隈と律が会員たちと顔を合わせた一日目は平穏に過ぎていった。だが、二日目の朝になって状況は大きく動く。会員の一人が描いた絵が何者かに切り刻まれ、さらに会員の一人・賀茂《かも》が朝食の時間になっても顔を出さない。閉ざされたドアを開けると、賀茂はベッドの中で動かなくなっていた。医師の次郎丸《じろうまる》たちは、賀茂の死は持病による自然死と結論づけた。だが、その結論に納得できない律は七隈を巻き込んで、会員たちに聞き込みを開始する。もしも賀茂の死が殺人だとしたら、なぜ余命宣告を受けた人間をわざわざ殺したのか……?

『このミス』大賞の第一次選考でこの作品を読んだときの楽しさは今も覚えている。車の中から首吊《くびつ》り死体を見てしまうところから始まる、探偵・七隈と助手・律の会話。そのやりとりを通して、両者の関係とそれぞれのキャラクターが浮かび上がる。軽快な語りに乗せられて、二人が別荘に着くころにはすでに「これはいいんじゃないか?」と気に入っていた。二人の会話だけではない。七隈の一人称で語られる地の文もまた、この人物の個性がにじみ出た愉快な語りを楽しめた。かくしてそのまま引き込まれて、意外な結末を迎える最後まで一気に読んでしまった。

この語りが醸《かも》し出す楽しさの源泉は何だろう……と考えて思い浮かんだのが、「余裕」というキーワードだ。ではその余裕とは何だろうか? ……という話をする前に、しばらくミステリーとは何かという話にお付き合いいただきたい。

ひとくちにミステリーといっても、今や多彩なサブジャンルが存在する。だからミステリーに何を求めるか、どういうところに楽しみを見出すかと問われても、読者それぞれ、人によって異なるというのが答えだろう。だが、やはり「意外な真相がもたらす驚き」に価値を見出す人は多いはずだ。

ミステリーに仕掛けられた驚き。物語の構図が、前提が、ある事実の提示によってがらっと変わってしまう。それまで読んできた内容の意味が書き換えられてしまう。できごとの意味はもちろん、登場人物の言動が持つ意味も変わってしまう。まるで騙《だま》し絵のように、ある見方を導入することで、見える風景ががらりと変わってしまう。読者の認識も書き換わってしまい、もう読む前の状態には戻れなくなる。

不可逆的な認識の書き換え。

そういう変容を引き起こす物語のジャンルであり、初めて読んだときの驚きは一回だけのものとなる。ミステリーを語るときに他のジャンル以上にいわゆるネタバレが忌避されるのも、「何が起きるか知らずに読む」という一回目だけの特異な体験の機会を壊さないようにするためだ。

認識を変容させる驚きをもたらす手段として、いわゆる叙述トリックも用いられる。文章の記述に工夫を凝らして、作中の時間を誤認させたり、あるいは作中人物の年齢や性別といった属性を誤認させたりする。特に洗練されたものになると、読者の先入観や偏見を利用するものもある。明確に示すことを控えるだけで、読んだ人が勝手に誤解してしまうような趣向のものだ。そうした作品に出会うと、驚くと同時に、自分も先入観や偏見とは決して無縁ではないことを痛感させられる。

……と、ミステリーというジャンルの話だけでずいぶん長くなってしまった。

本書『どうせそろそろ死ぬんだし』は、ここまでに述べたような驚きを幾重にも仕掛けた作品だ。小さなものから、物語の全体に関わるものまで、そのバリエーションも多岐にわたっている。もっとも、すでにお読みになった方には、そのクオリティを改めて力説するまでもないだろう。

最後まで読んだらすぐに最初に戻って読み返したくなる、そういうタイプの作品だ。もちろん、一度だけ読んでおしまいにするのも悪くない。だが、できればもう一回読み返して、新たな驚きを味わってほしい小説だ。

二回目に読むと、まるで異なる景色が見えてくる。書かれている文章は何も変わらないのに、読み取れる内容は違う。「ここにこんなことが書かれていたのか!」と読みながらぞくぞくするような感覚を味わえる。

その驚きの中心にあるのが、「なぜ余命の限られた人間を殺すのか」という謎をはらんだ、余命宣告を受けた人々の集まりで起きる事件という趣向である。

もっとも作者・香坂鮪によると、この趣向のきっかけは、動機の謎よりも、クローズドサークルについて考えた結果だという。

なるほど、天気予報も発達している現代、大雪が降りそうな時に山荘に行くのも、嵐が来そうな時に孤島に渡るのも不自然である。そうした物理的な障壁によらないものとして出てきたのが、余命宣告を受けた人々の事件だという。

そんな経緯もあって、本書で起きる事件は舞台こそ山奥の別荘だが、建物自体が外部と物理的に遮断されているわけではない。作中の台詞《せりふ》にあるとおり、「なんといっても外は快晴。吊り橋が落ちるでもなし、大木が道を塞いだわけでもない。二時間ほどかかることを除けば、警察が来るのに障害はない」という状態だ。作中では「中途半端なクローズドサークル」と呼ばれている。

本書には、こういう「お約束」のパターンから微妙にずれていく展開があちこちに用意されている。

たとえば、探偵・七隈が過去に自分が解決した事件について語る場面だ。七隈が明かす、自身の探偵としての得意分野には、思わず脱力させられる。

あるいは、別荘の図書室を訪れるくだり。『精神病理学原論』、『人格の成熟』といった小難しい専門書とともに並ぶのは……なんと漫画のコレクション（これがまた本格的だったりする）。

さらには、クライマックスの謎を解き明かす場面に出てくるこんな台詞だ。

「ええと、どこから話そうか。（中略）順序立てて理路整然と喋《しゃべ》るのが筋なんだが……」

本来なら格好よく決めるべきところに、なんとも頼りない言葉が飛び出す。

このように、「いかにもありそう」なパターンから微妙にずらしていくところに、肩の力の抜けた独特の雰囲気が生まれる。この逸脱は本書の魅力でもある。

そもそも人の死を扱う物語でありながら、本書の語りが醸し出す雰囲気に深刻な翳《かげ》りは薄い。『このミス』大賞の最終選考の講評でも、「辛気くさい話になりそうだが、全体のトーンはむしろ明るめ」（大森望《おおもりのぞみ》）と評されたくらいだ。

こうした雰囲気を支えている土台となるのが、前半にあげた「余裕」である。

一歩引いて、物語の全体を俯瞰《ふかん》する姿勢。全体を俯瞰しつつ、あちこちで類型からの逸脱を仕掛けてみせる。対象と距離を置いて、異なる角度から眺めてみる姿勢。この小説を支えているのは、そういうものの見方だ。

また、余裕はユーモアにも通じる。本書は特に笑いの要素を前面に押し出しているわけではないが、定型からの逸脱と、それを支える余裕を持ったものの見方が、本書をユーモアのにじみ出る作品に仕立てている。そもそも、『どうせそろそろ死ぬんだし』という題名そのものにユーモアが感じられる。

ちなみに作者・香坂鮪は東海林《しょうじ》さだおや土屋《つちや》賢二《けんじ》のエッセイを愛読しているとのことで、本書の土壌には香坂の読書経験に由来するユーモアも混じっているかもしれない。

まじめな顔をしながら変なことをするような諧謔《かいぎゃく》精神は、本書のあちこちに見られる。それはミステリーという分野においては強い武器となりうる。

もともと、意外性や予測不能な展開が高く評価されるジャンルである。稚気や遊び心とは親和性が高い。ユーモアもまた、予定調和からの逸脱から生まれることが多い。

対象から一歩引いて、少し異なる視点に立つ。そんなものの見方が、本書に仕掛けられた驚きを支えている。

香坂鮪にとっては本書がデビュー作。これから作品を発表し続けるうちに、さまざまな強みを見せてくれることだろう。それでも、本書で見せたようなものの見方こそが、これからも作者の持ち味となるかもしれない。

ちなみに、すでに第二作の構想も練られているそうで、まずは新たな作品に期待しよう。読める日を落ち着いて待てばいいだろう。どうせそのうち出るんだし。

（二〇二五年一月）

宝島社
文庫

# どうせそろそろ死ぬんだし

（どうせそろそろしぬんだし）

2025年3月19日　第1刷発行
2025年4月21日　第2刷発行

著　者　香坂鮪
発行人　関川誠
発行所　株式会社 宝島社
〒102-8388　東京都千代田区一番町25番地
電話：営業 03(3234)4621／編集 03(3239)0599
https://tkj.jp
印刷・製本　中央精版印刷株式会社


ISBN 978-4-299-06479-0

## 『このミステリーがすごい!』大賞 シリーズ

宝島社文庫

# レモンと殺人鬼

《第21回 文庫グランプリ》

十年前、父親が通り魔に殺され、母親も失踪。不遇をかこつ日々を送っていた小林姉妹だが、ある日妹の妃奈《ひな》が遺体で発見される。しかも被害者であるはずの妃奈に、生前保険金殺人を行っていたのではないかと疑惑がかけられ……。妹の潔白を証明するため、姉の美桜《みお》が立ち上がる。

くわがきあゆ

定価 780円(税込)